散步在傳奇裡

果子離——著

目次

Chapter 2 他們用書寫與我們的靈魂交會

自序

漂流在書海的那些字

喜歡這則閱讀小故事：上海作家趙麗宏提到，文革時期他下鄉勞動，無書可看。村人對這位知識分子很好，想盡辦法把家中能夠找到的書，找來送他，從《紅樓夢》、《千家詩》、《唐詩三百首》到《福爾摩斯探案》，乃至於黃色小說，都有。最難忘的，是個寒夜，一位八十幾歲的老太太，挪著三寸金蓮，走了二十分鐘的路，送來一個布包就離開。打開來看，是一本書，外皮破舊，補上新皮，折痕累累，是一九三六年出版的曆書。老太太不識字，想送書來，卻不知送來的是什麼書，只知道裡頭有字，就送來了。趙麗宏看著這本書，淚流滿面。

我以這故事為源，寫成文章，收進書裡。我可以體會，閱讀者無書可觀，讀癮發作的欲火焚身之痛。這不是古代印刷不發達，買不起書的困窘，而是時局變亂，時乖命蹇，更需要以閱讀排遣悲懷的時候，此時無書，情何以堪？

從小喜歡文字，迷信文字，只信任印在紙頁上的東西，凡聽來的，總要在文字裡獲得印證我才相信，連課堂上老師口語講述，我都半信半疑。如此偏執，不足取法，卻也因此養成自學的習慣，凡事在書報雜誌裡找答案，許多生命的困惑，在書裡尋得出路（雖然也因為書，而滋生更多困惑）。

透過文字，我看見原來看不見的景物、人物與事物，發現與別人的不同，也發現與別人的同。看見不同，增加了廣度；看見相同，增加了深度。混濁的目光如果還有一點明亮，是字句讀來的。

喜歡字，字裡有光，有溫度，有力量。字與字結合成句，句與句綴聯成篇，書是海，字是浪，閱讀時像在船上，航向遠方，每個進度行程，清楚在目，卻又朦朧似夢。

真正愛閱讀的人，應該稱為「讀癡」、「字癡」，迷戀版本的才叫「書癡」。為什麼為閱讀所迷？大概是羅徹曼（Hazel Rochman）的這句話吧：「閱讀，讓我們成為移民。」因為閱讀，離開了這個充滿挫敗的空間，也放逐自己，漂流到另一個時間。

對我這類社會化程度不高的人來說，若無閱讀，恐怕真的是一無是處。不妨借用楊照的閱讀經驗，為自己開脫。楊照念小學時，發現班上程度高的女生，流行看西洋名著《小婦人》，他在書展會場沒找到這本書，只看到黃春明的《小寡婦》，覺得書名相近，內容應該差不多吧，就買回家讀。但「小寡婦」和「小婦人」的差別不是一個喪偶、一個有夫而已。《小寡婦》講的是服務美軍的吧女。沒想到這次誤買，為他開啟了一個世界，而這個世界早就近在眼前，只是之前習焉不察。楊照成長於台北市雙城街，附近有美軍顧問團。我們只覺得美軍保護台灣，很英勇，很偉大，背後還有些什麼意思，不知道，而美軍顧問團所在的城市地理代表什麼意義，也少有人推敲。閱讀《小寡婦》之後，楊照才知道雙城街豐富的背後意涵。他總結道：「是文學作品讓我更了解我的生活周邊，閱讀使我面對任何一個人的豐富生活，都不感到慚愧。」

閱讀真的是這樣，與書相望，與書對話，讀著讀著，有所感應，或啟發，或動情，此後，書便在你生命轉彎的地方，引導（或誤導）你，往預期中或意外的人生路上奔去，時而彎曲，時而直行，有時繞個路柳暗花明，有時轉個圈山重水複。你因為閱讀而成為後來的你，開卷當下，卻沒想過會有這些改變，回首來時路，才發現閱讀這件事所帶來的，不可思議的轉變。

每個人都有他閱讀生涯的傳奇故事，也各自有其傳奇書單。書稿交出之後，編輯群安排我與「小貓流」瞿欣怡、「逗點」陳夏民，各自開出傳奇書單，分別對談。從收錄於本書的對談紀錄整理，不難知道，書對個人的意義，不是好壞，而是緣分，是影響。

長年閱讀，沒有目的（相對的，也沒有目標），不為炫耀，非關學位，只因閱讀時帶來的安定感，與稍獲滿足的好奇心，有時忍不住，野人獻曝般，對旁人訴說沿途景象，偶爾還引人觀看自己的腳印，於是寫下若干文字，零散漂流在各個發表場域，某些有緣以書的形式安家落戶，一如本書各篇文章。每篇作品都有它的命運。

離上次出版《一座孤讀的島嶼》竟已十年，感謝這段時間鼓勵、提點、照顧我的家人、讀友與文友，我拙於表達，但永誌不忘。尤其感謝群傳媒執行長龐文真，當我徬徨張望，繼而無依頹喪，她在路上把我撿拾起來，讓我定下心來，寫點東西，先是專欄，進而結集。感謝編輯團隊，巧思慧心，為這本書設計出流水般的動線。這篇序，擬了好久。字少寡情，話多濫情。紙短情長，書不盡意。

Chapter 1

散步在傳奇裡

走在這個框框裡，每一步都踏著傳奇，牯嶺街舊書市場（以及少年殺人事件現場）、余光中舊居、紀州庵、洪範、爾雅、純文學出版社，是傳奇，也是傳說，我看，我聽，我想像，每一則等待注釋的典故，都在我腳下，眼前。

散步在傳奇裡

我住在簡單的地方，簡單地生活。

真的是簡單的所在。二十多年前，剛搬來廈門街，或許尚不習慣，或許心境跟不上環境——搬家之前，住家鄰近中華路，購物、交通、看電影什麼的都很方便，相對之下，此地是邊城，是窮鄉僻壤，是心情貶謫的流放地。回想起來，彼時狂放不馴，定不下心，或者說心才要定，所見街道險仄，屋矮破舊，朽木招白蟻，破瓦惹塵埃，不免心裡嘀咕。很難想像，多年後同樣的我，讀到《我的小村如此多情》一書，竟生出有為者亦若是的豪情，想和外人分享，我這小小社區的清幽雅趣。

沒本領山居野放，只好大隱於市。隱，還得外在條件配合，若是車水馬龍，那只有過於喧囂的孤獨。我的住家靜，靜到，套一句鄭愁予的詩：靜，從聲音中走出來。

我這巷子真靜，白天若家裡沒人，靜坐，就會聽到自己血液流通的聲音，聽到毛髮延展的聲音，眨眼時眼皮撞擊的聲音，以及靈魂輕輕飄走，又躡手躡腳回來尋訪的聲音。

有時靜極思動，或與陽春有約，或微風召喚，必須出走。於是出門，看人，看狗，看樹，看商店。我愛走路，愛東張西望，一樣風景，不一樣的心情，看過去就有千變萬化。

散步，有人說要放空，什麼都不要想。那是修行，我不會。我習慣帶著疑難雜症上路，或者說，當心中有惑，便以走路思索。尤其寫稿不順，思路不通，輒寄望步行，在踏步的節奏中，在左腳右腳向前進步的象徵意涵中，腳踏實地，刺激穴位，然後好像打通任督二脈，有時題目有了，題材定了，有時起頭句子自然浮現。

住家附近適合散步。和平西路、羅斯福路、重慶南路、水源路框起來的區段，每條街道都迷你，汀州、同安、牯嶺、廈門、金門、晉江、南昌，都好瘦。最大的一條是巷子，廈門街一一三巷，拓寬之後，巷比路寬，爾雅、洪範與百年雀榕坐鎮於焉。

走在這個框框裡，每一步都踏著傳奇，牯嶺街舊書市場（以及少年殺人事件現場）、余光中舊居、紀州庵、洪範、爾雅、純文學出版社，是傳奇，也是傳說，我看，我聽，我想像，每一則等待注釋的典故，都在我腳下，眼前。更不用說沿著羅斯福路南行了，從師大到台大，書店圈與人文氣息濃厚的咖啡店群，金鍊般閃閃爍爍，像飛機夜降，機場指示燈串起航道，引我飄浮不定的心性，著陸。

是書，以及可以閱讀的咖啡店，一股磁力吸引我，如蛾蟲趨向有光的所在。如果散步要有方向，幾乎不自覺便轉往羅斯福路。台大校園與公館書圈兼商圈，早已取代沒落的重慶南路書街，成為我的遊玩之地，散步，散心，散錢，心滿意足，回家。

早些年，出巷底後鮮少右轉，往水源路不是我的漫遊路線。雖然有河，卻被快速道路阻隔，可怕的路，車速快，風掣雷行，轟轟咻咻，即使跨上天橋，耳膜與細胞還感受到震動。要去河畔騎腳踏車，更得牽車上下階梯，一頓一頓，單車顛簸彈跳，人暈，車也暈。而紀州庵，荒煙蔓草，破敗寥落，傳聞中的文學館，只見樓梯響不見人下來，砍樹建停車場的訊息不斷耳聞，那幾年正逢心情蕭索，月光光心慌慌，出門少，河濱就更不去了。

然而近幾年，我熟悉的這塊地方，地貌變了，比鄰平房一片片被剷平，都更為高樓廣廈，幾座豪宅拔地而起，周杰倫、林志玲住了進來。紀州庵旁也蓋了文學新館，不只是靜態的展場、紀念館，《文訊》接手後不時舉辦活動，讓館子動起來，館旁本來的亂籬雜草化為綠毯翠幕。而一路之隔的河濱公園，也不知何時，活血去瘀，整治之後平野遼闊，陸橋鋪上斜坡道，利於腳踏車上下。公園車道曲曲折折通往我無法想像的遠方，有若填海造地，像運動場，也像遊樂園，人犬盡歡。

跨出我家巷口，白蟻蟲害的矮舊房舍紛紛改建大樓，抬望眼，好幾角天空被遮蔽，月亮擠到偏遠的天邊。有得有失，談不上是好或壞。幸好還是住宅區，安靜，淳樸，舊家具店仍然毗連，仍然和我一樣每天過著差不多的日子。時代向前走，興衰起落，自有調節，我還是散我的步，讀我的書，寫我的，平靜生活。

寧可坐牢閱讀，不可自由無書

幸福是什麼？幸福是做自己想做的事。因此對喜愛閱讀的人來說，一書在手，就是幸福。

這樣說來，我是幸運兒，沒有任何事務在任何時間阻礙我閱讀。即使在職場，也只幹過出版與教書兩種營生工作，幸都不離書籍。真要與書小別，只有當兵時期。但也不是完全隔離，仍然得以間歇閱讀。

遙想當年，當兵抽中金馬獎，目標金門。出發前打包行李，心裡惶惶不安，想帶書，卻擔心兵馬倥傯，文青不宜。心想，動物有保護色，身體色澤與所處環境顏色相近，以防天敵追獵，吾輩當兵也應脫去知青的軟弱色塊，要脫去一身細嫩膚色，要青草泥土染過，風雨陽光敷過的革命顏色，免得適應不良，徒增痛苦。

但還是得有書，在外島或有漫漫長日需要度過。我決定只挑兩本書，風花雪月的書不要，多愁善感、輕調軟語的不行，這類書種會讓我思凡難挨。

我最後挑選兩本書裝進行囊裡，一是辛棄疾的《稼軒詞編年箋注》，一是《水滸傳》。

兩本書，分量夠，既有金戈鐵馬、草莽蒼茫的氣概，又有文學氣息，十分切合環境與心境。

船到金門，轉發烈嶼（小金門），起先安排到旅部當幕僚。參謀是閒差，旅部不是作戰單位，更閒，我突然覺得，我媽之前幫我拜拜，顯然不夠靈驗以致流放外島，但身在旅部，似又有拜有保庇。

總之閒來無事，可以看點書。我把營房裡一櫃黎明出版社的《XX自選集》好幾本都看完，復利用閒暇到街上逛書店，赫然發現竟有《李敖千秋評論》。買了前後期幾本，不知死活，大大方方在營區讀了起來。

此外，也租武俠小說來看。營區前通常有街道，街上有店，做阿兵哥的生意，最多的是冰果飲料店，還有浴室、撞球店。我那營區位於「南塘」，公共浴室旁有家小說出租店，我租武俠小說，從金庸看到倪匡、柳殘陽、獨孤紅。本以為太平歲月，就這樣混到退伍。旅部幕僚當了幾個月的某日，行政官，我死黨，敲桿時對我說：「你要有心理準備，可能要離開了。」他欲言又止，淡淡說，旅部有幾個人在弄我，不能講誰，但我的頂頭上司也有份。

行政官指的頂頭上司是少校後勤官。我是少尉助理後勤官，還在六個月見習階段。幾天後開會，副旅長（對我不錯的旅長返台受訓，對我不好的副旅長當家）看到我，嘴角一撇，皮笑肉不笑，問我，最近練功練得怎麼樣啊？我心一冷，才知道，租武俠小說一事也被打小報告。幾天後就下放到連隊，幹步兵排長去了。

忽忽幾個月過去，軍隊要換防回台，阿兵哥紛紛購買紀念品，買最多的金門特產無非是酒。我寄酒回家，書也寄。待我在台退伍，看到渡海回到家的兩本書，可能是泡過海水的緣故，頁面起波浪，直到現在都還留著波折的印記。

其實梁山泊與辛棄疾，在軍中很少看，時間不多還在其次，主要是心情不對。我想起以前的無知想法，當時以為坐牢不可怕，好些人為何不在獄中自讀，學問大進？但我若繫獄，相信根本無心情看書吧，我畢竟是定力弱的人。

但話說回來，不管在哪裡，若不准閱讀，大概生不如死。讀不讀是我的事，但想讀時可以讀是一定要的。金庸說過，讀書是人生最重要的事，只次於呼吸空氣、飲水、吃飯和睡覺。如果坐牢十年而可以在獄中閱讀書籍，或者十年中充分自由，但不得閱讀任何書刊，兩相比較，他寧可坐牢讀書。

那個人靠窗閱讀的身影

好幾次，想起一位高中同學。高三下學期，他轉學過來，個子高高壯壯，滿頭黑白相間的鬈髮。他坐我前座。特別的是他是降轉過來的，為什麼說降轉？他從師大附中，轉來我們建中夜間部，依聯考分發標準，是從第二志願貶謫到第四志願。他說，夜校上課時間短，讀書時間多。顯然他不想上課，想要白天在家自習衝刺。

這位同學很拚。一下課，就把抽屜一堆書搬上桌面，靠左對齊，疊得高高的，像一面防風牆，或說更像堡壘，與外隔絕，一副秀才苦讀不問世事的架勢。他好像不用上廁所，下課搬書讀書，上課把書堆搬回抽屜裡，如是循環。下課短短五分鐘，能看的不過幾頁，卻搬出一疊書，陶侃搬磚，有這必要嗎？不知道。後來看榜單，他考上台大人類學系，雖然不是外文、歷史等熱門科系，至少是一流學府。

不知道這位同學日後是否還有這樣專注、強迫、急切的閱讀姿態？我們畢業後不曾聯絡，我也遺忘了他，真正想起他來，是讀到房慧真敘述高榮禧與石計生的文章之後。

高榮禧是藝術史博士，讀書甚勤。房慧真引述石計生的文字，說高榮禧習慣在台電大樓對面那間星巴克，「右手邊，靠落地窗沙發旁的座椅。……貼牆面窗，圈點書本。」

而房慧真印象中的高榮禧：那一次，「有一個人走進來，提了一大袋書，坐下來，聚精會神地看書。我會注意到他，是因為他的眉頭鎖得很緊，似乎正在憂慮著什麼。一個人專注且面帶憂色地閱讀，對我而言是一幅神聖且美麗的風景。」

那個男子，後來知道了，就是高榮禧。

十年後，房又在一樣的咖啡店一樣的座位看到他。一樣「坐定公館星巴克固定的窗邊沙發位置，桌上的伴讀書仍是一疊，看不出什麼名目。」她以「溫羅汀一帶難得的讀書風景」，形容高榮禧專心讀書的身姿。

這是多麼迷人，多令人心生嚮往的讀書風景，簡單、寧靜而純粹。想來，擺在星巴克桌上待讀的一落書，應該是剛從書店買來的吧，以趁新鮮趕緊享用的心情，迫不及待便翻讀起來。我聯想到，所以有那麼多書重複購買而不自覺，不就是因為未能隨買隨看，回家後隨手一擺，久而久之便忘了買過？或許要像收到禮物當場拆封、驚呼那樣，便不會有已購買而無印象的窘事了。

而石計生、房慧真眼中的這位讀書人，更值得一提的，是這部分：「以上千元買進來的好書，幾十上百塊就賣掉。」「大量買書、讀書，不一定藏書，看完的書總是一袋又一袋地帶到讀書會現場，誰看了喜歡就便宜撿去。才剛下訂一套台幣一萬多的杜斯妥也夫斯基全集，原本有的呢？就捐給圖書館。」

一派瀟灑，多好啊，不是「丈夫擁書萬卷，何假南面百城」的顧盼自雄，恰好相反，買書而必讀書，讀書而不擁書，那是攬書自讀、氣吞如虎的氣勢，是千書散盡還復來的豪邁。

閱讀的身影最美麗，不執著的心意最動人。

寫這一段，是為了提醒自己，至少，每天一段時間，專注，定靜，讀一本書。不同於好酒藏著愈陳愈香，書，不管藏不藏，不管去捨存留，翻開來讀了再說。要用「我讀過這本書」來代替「我家裡有這本書」，用「我家裡有這本書」來代替「我家裡好像有這本書」。

在閱讀裡找到存活的力量

一．閱讀的幾則小故事

且不管「開卷有益」或「盡信書不如無書」的爭議，且不問「讀萬卷書」與「行萬里路」兩者孰輕孰重，總有這麼些小故事，揭示閱讀之所以迷人；總有這麼些人，在顛沛流離，在困頓無措的時刻，寄託於閱讀，安身於文學，在文學作品裡找到存活的力量。

上海作家趙麗宏說他文革時期下鄉，在上海附近的農村勞動，哈書哈得要命。農民們為了幫他，把家中能夠找到的書，全都送來給他。從《紅樓夢》、《福爾摩斯探案》、《臥虎藏龍》到黃色小說都有。最特別的，是個寒冷冬夜，一位八十幾歲老太太，走了好長的路送來一個布包就走了。打開來看，布包裡是一本書，外皮磨損破舊，補上新皮，復見累累折痕，那是一九三六年出版的曆書。老太太顯然不識字，一心想送書來，但家中哪來什麼書？好不容易找到一本有字的東西，就送來了。這故事笑中帶淚，算是有趣的事，雖然故事背景辛酸無比。

齊邦媛在《巨流河》中談到雪萊，「在人生每個幾近淹沒志氣的階段，靠記憶中的期許，背幾行雪萊熱情奔放的詩，可以拾回一些自信。」而濟慈，「他的詩與我似是人間困苦相依，維繫了我對美好人生的憧憬。」《一生中的一天》也有文寫道，齊邦媛車禍住院時，疼痛難熬，以默誦英詩保持心智清醒，最常背的詩是華茲華斯的「彼時，昏睡遮蔽了我的靈智」。

文學養成訓練，足以使一個人強化信念、產生力量，我不禁想，如果我遭逢橫逆，有誰的詩句，或者什麼書籍，可以讓我在病奄奄時，於腦海裡不斷吟誦，勇敢走過黑暗？好像沒有。所以我得堅強地活下來，不能倒下，我的閱讀縱深還不足以支撐我逆來順受。

想起知名的中國古典詩詞學者葉嘉瑩，在《紅葉留夢：葉嘉瑩談詩憶往》一書中，敘述一生遭逢三次巨變，都以詩的教學與創作度過悽愴歲月。

抗戰時期，葉嘉瑩考上大學那年喪母，父親音訊不明，她孤苦無依，賦詩多首，排解傷痛。國共內戰期間來台，夫妻以「匪諜」之罪名被捕、被抄家，無枝可棲，如驚弓之鳥，〈轉蓬〉詩謂：「已歎身無託，翻驚禍有門。」後來定居加拿大，期間愛女車禍身亡，葉嘉瑩閉關數十天，賦〈哭女詩〉十首，情感暫得抒發，悲痛卻難以超脫，直到赴天津教書，備課，日日浸淫於詩詞中，心情才逐漸平復。

這些小故事讓人更想好好讀書，尤其是詩，不論現代或古體都好，一字一字慢慢咀嚼，定下心來閱讀，那是紙頁之間，靜止沉潛，屬於讀者和作者的文字默契。

二・文學書不是用來用的

文學的力量，說大很大，說小很小，文學既有用又無用。

連「讀書有什麼用？」這問題都會出現，就不用說文學書了。

如果是實用取向或科學新知的書，大概不會有人問閱讀要做什麼？在書裡我們獲得理財技巧、烹調方法，懂得了天文學、醫藥學，或歷史、地理等人文知識。書以知識載體的功能讓我們獲益良多，這些都是有用的，然則文學呢？（美術、音樂等藝術也一樣。）會不會、知不知，有差別嗎？用在哪裡？

沒用。然而，文學不是用來用的。文學不是為知識傳播而存在的，它訴諸情感，照顧的是知性之外關於靈魂、精神、性情等層面，讓你感同身受，在閱讀中產生同理心、同情心。從實用價值來看，它無用，一如公園綠地，用來蓋停車場不是很實在嗎？一如海灘、濕地，用來蓋飯店、石化廠，促進經濟繁榮不好嗎？一如石虎、白海豚的迴游路線或棲息地，保留著對人類有什麼用呢？

無用也好，無用之用是為大用也好，重點不是用不用，而是必須如此。一座城市、一個社會，不是完全憑靠物質構成的。其中原因，老生常談，不多說了。且回到文學書籍閱讀這個主題。閱讀文學有用嗎？說不定有害呢。夏爾．丹齊格在《為什麼讀書？》裡提到，為了學習而讀書，是「分外令人質疑的動機，至少在涉及虛構文學時」。意思是，企圖從虛構的文學，譬如小說這種不以教學為目的的書裡學到些知識，並不恰當，吸收到的說不定是偏見，是修飾過的、誇張化的事實。

讀文學作品不能汲取知識，而情感、精神什麼的能當飯吃嗎？不能。所以時常有人用嗤之以鼻的口吻散播文學無用論，而念文學的人，就淪為沒用的人。此觀點之偏頗固然不值得一駁，但與此相反的，過度膨脹的文學至上論，也不足取。

以文學為本位，把書等於文學作品，抱持這類唯文學論，就會看不起文學之外其他學科，彷彿其他主題的書籍不算書。例如，到書店買李白詩集不到，則撰文痛罵書店之無文化，民眾人文精神之淪喪；例如在書店看到非文學或通俗文學書擺滿新書平台，也氣到跳腳，怪網路、手機害大家無法靜下心來讀文學作品。種種光怪陸離的論點，散布在文學副刊，憂心可解，但與胡亂發言的名嘴、政客何異？

閱讀是好事，但不是仙丹良藥，服下就能得到明顯效果。夏爾．丹齊格說，閱讀不會改變我們——讀了一流的文學作品，壞蛋依然是壞蛋，只不過從沒有教養的壞蛋，變成有文學素養的壞蛋，「反之，好人不會因為讀了一本壞書就變成壞人。」

閱讀有潛移默化之功，但怎麼移怎麼化，還在一定範圍之內，不會單單因為閱讀，逆子變成孝子，殺手變成牧師。近幾年有些人聲嘶力竭地呼籲搶救國文，要增加中學國文科時數，要恢復《論語》、《孟子》為必讀，用心良苦，但可能心急，什麼話什麼理由都出來了，有的痛罵年輕人一無是處，因為文言文讀得太少；有的把校園霸凌歸咎於古書未多念，有的說多讀古文就會孝順，人生就會有目標。胡言亂語到後來，不禁令人懷疑，如果多讀文言文結果變成像他們一樣，這樣好嗎？他們應該把毛澤東抬出來當代言人。此公勤讀文言文，尤其二十四史，眉批圈圈點點，讀書之精之勤，十分嚇人，然後呢？

閱讀，私密而孤獨

若說閱讀是私密的活動，在我身上完全可以驗證。書不露白，我在公共場合如捷運、咖啡店等地方，從包包裡掏書、收書，自來小心翼翼，以一種神祕的出手角度，封面朝內，遮蔽書名。書若闔在桌上，必也封底朝上。說不上來為什麼，但肯定和書的主題、內容無關。大致是像編輯人安妮·弗朗索瓦所說，她無法忍受有人從背後偷瞥她的書，「這種感覺就像洗澡時有人闖進來，要和我共用一個浴缸。這種分享令我備覺羞辱。」

或許像我這樣彆扭的人，應該包書。用書衣，漂漂亮亮地，把書打扮成蒙面俠。

把正在看的書隱藏起來，可能是一種反制。很多人，包括我，有個習慣，喜歡偷窺別人在看什麼書，有時候加上刻板印象，斷章取義，去判斷書主人的種種。或許正因為這樣，我這一代的大學生，流行抱原文書在手上，不帶包包，書名朝外。現代似乎沒有這種炫耀的習俗，取代的是，星巴克杯子拿在手上晃大街。

畢竟閱讀是私密的活動，更是孤獨的事。沒有人揪團一起看書，偶有讀書會、簽書會，或取暖，或熱鬧，都是在閱讀之後。閱讀當下還是一個人，天地之大獨自面對書頁。

孤獨閱讀，畫面是淒美的。試想作家葉靈鳳這段話語的畫面：「在這冬季的深夜，放下了窗簾，封了爐火，在沉靜的燈光下，靠在椅子上翻著白天買來的新書的心情，我是在寂寞的人生旅途上為自己搜尋著新的伴侶。」

「搜尋著新的伴侶」，這種伴侶，多半是精神上的寄託。就像翻譯名家英若誠就讀清華大學時，曾從圖書館借出一本英文書，借書卡早已泛黃，上一次借閱是在幾十年前，借書者的名字，叫做錢鍾書。英若誠激動地把自己名字寫在借書卡第二欄裡。

那是彷彿遇到千古知音的激動。

說激動，說知音，不是指遇到同是天涯閱讀人，而是彼此有共同的閱讀主題，同樣喜歡某本書或某位作者。書，主題不一，雖為閱讀同好，卻可能因為內容主題互違而形同路人，喜歡小說的或許討厭詩，懂文學的可能不懂哲學，耽溺於歷史題材者，說不定嫌純文學囉嗦，這裡面沒有高下貴賤，不能從自己角度出發去評量別人。

波特萊爾寫過一篇文章，用狗逐臭之說，來責備讀者不識貨。他寫道，他拿出上等香水，開瓶給家犬聞，狗卻不領情，驚慌後退並且狂吠。波特萊爾心裡罵道：該死的狗，如果給你糞便，你會狂喜聞它，甚至吞食，這就像大多數讀者，寧願選擇垃圾，而不懂得香水的好。

要鄙視讀者沒水準也好，自嘆知音難尋也好，問題是，每個人需要的東西不一樣，有人看書看電影純為娛樂，不需要太有深度的作品。就像去KTV點歌，沒有三大男高音的曲目，音樂界不必怨嘆。

不必指責或訓誡觀眾與讀者。你喜歡香水，自己聞得高興，很好，不用強迫大家聞。

不要問別人你的詩寫得好不好

里爾克寫給青年詩人十封信，第一封，回答青年詩人一個問題，一個對方在意，他卻不以為意的問題——青年詩人為退稿以及外界對其作品評價等事所惱，懇請里爾克對他的詩作批評指教。里爾克婉拒評論，且明白地說：再沒有比批評的文字那樣與一件藝術品隔閡的了。

里爾克希望青年詩人不要在乎他人的評價：「你向外看，是你現在最不應該做的事。」應該做的是：「走向內心，探索那叫你寫的緣由，考察它的根是不是盤在你心的深處；你要坦白承認，萬一你寫不出來，是不是必得因此而死去。」

詩人文雅，用語深刻一些，以上所言，用我們最常講的話，就是「不寫會死」。反過來說，當我們覺得不寫也生活得好好的，就可以與寫詩這件事告別。

從內心深處湧出來的詩，就像海平面升起的太陽，是自然不過的事。日出日落，從不問觀日者我好不好看。寫詩，「不要問別人你的詩寫得好不好。」里爾克說道。

寫詩至此，已臻哲學境界了，彷彿成為信仰，是藝術，是舉手投足自然的律動，超越技術層面，擺脫名利考量。好不好，不是最重要的，或者說，好不好，不是評論界、學院派所界定的那套標準說了就算。對詩，孟東籬有迷人說法：

世界給人寫好了詩，說：
孩子，你拿去吧！

不是詩人寫詩，而是他聽到了世界在唱歌。
葉子上的雨滴是詩。
晨光是詩。
「不是我寫詩，而是世界流進了我的內在，在那裡唱歌。」

——《萬蟬集》

孟氏所言和里爾克信中所示，異曲同工。詩是自然流瀉出來的，從與自然共處的喜悅中，從感情礦穴的底層裡，如清泉湧出來。但這裡有個問題。好比唱歌，說，用心唱，用感情唱，唱出來的就是好歌，但明明唱得像殺豬，或如白居易〈琵琶行〉說的「嘔啞嘲哳難為聽」，聽在耳裡慘不忍聞，我們可以讚譽這個人唱歌好聽嗎？會說不用管別人感覺，你用你的方式唱歌，你就是歌唱家嗎？顯然不行。只能說，你唱得快樂，藉著唱歌情感得到抒解，覺得生命更加美好，這時便不用管別人的看法。

這種說法，雖然神聖高潔，對有志於寫作的朋友卻不太受用，好像孔孟用道德教化說服諸侯，樹起文化高標，仰之彌高，可惜列強爭霸興趣缺缺。因為不會每個人都滿足於孤芳自賞，常盼望得到讚美，獲得肯定，名利還在其次（能有當然更好啦）。實力強一些的，企圖旺一點的，想入行的，便會藉由參賽、參展、投稿等管道，獲取進階門票。

麻煩的是，審美觀這東西，因時、因地、因人而異，但在你活動的當下這個地方，你要對外拓展，要以獲致權威肯定來換取成名成功的門票，就必須走在圈子裡審美標準的鼓點上，不能早一步晚一步，早了像革命，晚了變保守，恰恰好便可獲得讚譽加持，然而也可能扭曲了本來想發展的風格，犧牲喜歡呈現的形式，且與年少時那個愛創作的自己漸行漸遠。

本來寫詩是「不寫會死」的心靈抒發活動，過於顧慮外界評價而變成「寫到想死」，就變質了。有人反思，要不要這樣下去？詩人許赫發起「告別好詩」運動，便是一種反動。

「每個人都問我，什麼樣的詩是好詩？」許赫認為，不應該談「好詩」，因為「好詩讓詩的書寫和閱讀變得困難。」「好詩要考慮的事情太多了，音律、意象，反而會忘記原本要寫的東西。」不追求，才能擺脫一切，好好創作。許赫身體力行，每日一詩，像寫日記一樣，用詩寫下每天發生的事，寫老嫗皆能解的「普通的詩」。他推出詩集《原來女孩不想嫁給阿北》，便是成果。當然不是說，詩隨意寫都是好詩，不是說把寫詩當擺爛，而是不必把自己限制在寫好詩這個標準的框架裡，像纏小腳般束縛。不能飛的時候，至少可以自在地在地上奔跑，不必因不能飛而懊惱，而放棄行走。沈嘉悅「我不喜歡楊牧」的宣示，大概也有類似意思，不是楊牧不好，而是不願意框在像楊牧那樣經典詩作的美學範疇之中。

收到朋友蔡靜寬詩集《練習題》。書是自行出版的，不必經過編輯審核，不用在乎太多的形式，我手寫我心，把創作當做單純而愉悅的事。序文好幾段都很能打動人心，她引用波特萊爾的話：「只有一首僅僅為了寫詩的樂趣而寫成的詩，才是最偉大、最高貴、最真正配稱為詩的。」

這樣的創作，是從心出發的創作，無所求，唯求自我完成，並與知音分享。用心寫詩，而不是用力當詩人。「當不成詩人，就練習將生活過成一首詩。」蔡靜寬如是說。

閱讀的姿勢

香港作家鄧小樺有一次赴日本旅遊，挑選九本書隨行，某日便在日本某城，買張小膠凳，坐在僻靜老街，看書，從晚上八點看到凌晨四點，八個小時。

我心嚮往，卻不能至。莫說出國獨遊我不會，長期閱讀我不行，單是坐在凳子上超過八分鐘便如坐針氈，何況八個小時。

我臀肉薄，板凳木椅不耐久坐。這是在成功嶺當兵才知道的。在司令台下坐木頭小板凳聽訓，漸漸發現，怎麼屁股刺痛起來，彷彿無肉的瘦骨變成一根骨針刺在肉上。偏偏人不能動，不能站，抬頭挺胸，八風吹不動。

這時候很羨慕屁股肉肉的人。屁股有骨無肉，刺痛難挨，即使換坐塑膠材質的椅子，也不過減緩幾分不適而已，此中之苦非底盤正常者所能想像。

之後又發現自己不耐久坐，不只是臀瘦，姿勢差也是主要原因，所謂「坐無坐相」，或駝背，或斜靠，或蹺二郎腿，或挺腹癱滑如泥。想那古人沒沙發，木頭椅四四方方，自然坐相莊嚴，今人自由便利，以致什麼坐姿都有，以致每為腰酸背痛所惱。

中醫師每有勸戒，好好坐，不要蹺二郎腿。但不知何時養成習慣，我不蹺腿便不會坐，有時蓄意腳掌放平，不到三分鐘，腿又交疊起來。

坐不住。在家往往坐不了多久便躺上床。床上閱讀多舒服啊，尤其冬天。天凍，宜動，移動或運動皆宜，忌久坐，忌縮踞。然而熱水浴後，鑽進被窩，待被子裡比地球還暖化，翻看閒書，不亦樂乎。

床上只能看閒書。書不得嚴肅生硬，以免讀不滿一頁即沉沉睡去；書不得太厚重，以防瞌睡後脫手砸到自己。在床上讀書，專家學者都說不好。有一說是此舉褻瀆書卷，如馬桶上讀宗教經典般。但書在哪讀不是重點，讀進去了沒才重要。若使心不在焉，跪著讀趴著念也一樣。

又有人從健康角度來說，躺著讀書，腦子的血量增多，心跳變慢，血液循環不好，容易疲勞，影響閱讀效率。更不用說，躺著時眼睛血管容易充血，用眼吃力，會讓眼睛疲勞。但這事難講。若有人躺著讀，效率高，吸收好，何不就躺著幹？

中國近代讀古書最活用的人，那個名叫毛澤東的一代梟雄，就是躺讀界的代表人物。他讀的不是閒書而是《二十四史》之類的硬書。

老毛手不釋卷是出了名的，除了辦公、接見外賓、睡覺休息之外，其餘時間幾乎留給閱讀。他愛側躺在床上讀書，把書捲起來，左右兩面輪轉著看，每有心得，輒拿起床頭小桌上的鉛筆，畫些奇奇怪怪的符號，符號涵意或許只有他懂，為免日後忘記，他曾註記在一個小本子上。

這個閱讀成痴的人，斷氣前做的最後一件事，應該是閱讀吧。據說毛澤東過世前兩天，多次病危，多次搶救，又不斷昏迷。每當他清醒過來，就是要看書。最後一次，他醒來，提到一本書，但語言含糊，聲音微弱，沒人聽懂他要哪本書。他心急，示意給他紙筆，顫抖寫下「三」字，又用手敲敲床頭。床頭是木製的吧？祕書猜出來了，當時日本首相名叫三木武夫，聽說要下臺了，老毛想起這事，想要看的書就是《三木武夫》。書找來了，毛澤東看了幾分鐘，又昏迷過去。這是毛澤東讀的最後一本書，也是一生中唯一未讀完的書。

不管平日讀書如何端坐英挺，姿勢如何標準，臨老多病還是得躺著看書。既然如此，何不早點習慣躺著看書呢？以上，僅供只會老花而不再近視的中年人參考，年輕朋友不要學。

萬人按讚一人到場

早期在網路寫作，入行夠久，依此因緣而出書的作者，往往面臨一種震撼與矛盾：滿懷信心出書，看到銷售數字，不可置信，平常哈拉的網友、貢獻點閱人次的讀者，哪裡去了？

以上所說，一體適用於在個人新聞台、部落格、網路論壇、電子報、ＢＢＳ、臉書苦心經營，發表文章、與網友回應互動的網路使用者。

網路書店也發現，許多網路結集而成的作品，起初聲勢浩大，早早衝上排行榜，但消退也快，暴起暴落如夏日急急西北雨，整體銷售多半不如預期。雖然暢銷作家也不少，從痞子蔡、藤井樹、彎彎、女王、酪梨壽司，到現在的九把刀，等等等等，都是成功案例，只是大部分作者的成績，和網路人氣、點閱率、留言集氣等塑造出來的來勢洶洶，不成比例。有一陣子，出版者留意網路寫手，瀏覽大小網站，尋找合作出書的可能，無非想複製網路暢銷作品的成功經驗，但多半不如預期。

作者與出版者面對不想面對的真相，有的幡然省悟，有的奮戰不懈，有的自暴自棄，有的執迷不悟。反應不一。

其實，不管內容來源於網路或平面媒體，一旦出書，就進入出版圈的遊戲規則裡面，不會因來源而好賣，也不會因此而不好賣。所不同的是，作品出自網路，板主格主或什麼主的，可運用網頁人脈來行銷宣傳，帶動買氣。但不一定帶得動，失敗者居多，因為網路活動的效應往往被高估，也被誤為可以簡單操作，手到擒來。

或許有些人把網路行銷看得過於簡單，多年來，常出現一種情況：平日不混網路，或在網路行走卻不與他者互動的人，出了書，臨時抱佛腳，成立粉絲頁或網頁，密集宣傳，有的甚至於到人家家裡瘋狂打書，貼千篇一律的廣告文。有用嗎？事實證明，沒有。這類朋友高估了自己的魅力，以為通知一下，喂我出書了喔！大家就去買了。（多數人的反應其實是：「你哪位？」）

黃小琥唱的對：沒那麼簡單。但也沒那麼難。關於網路人氣與買氣之間的關聯，不能劃等號，但一定有跡可循，一定有道理在裡面。這問題很多人談論，九把刀解釋得最好。

二〇〇六、二〇〇七年間，《中時．人間》副刊「三少四壯」專欄，史無前例的，讓出身於網路的作者九把刀寫專欄一年。他寫的第二十七篇〈耍好我的九把刀〉談他出書多年，從滯銷到好賣的心理轉折。

這題目九把刀有資格講，不因為他是暢銷作家，相反的是因為他出書前五年書是滯銷作家。奮戰多年後，漸有起色，從破落戶到大戶，曲曲折折，資歷完整。

他說：「有五年的時間，我的書總是賣得哭八爛。」而這五年的九把刀，不是籍籍無名之流，不，應該說，在出版界沒沒無聞，但在BBS，他已累積了相當的人氣與名氣。

挾此人氣聲勢，推出紙本書，沒想到，九把刀說：「過去好幾年網友都在網路上看我的小說卻不買，於是書賣得很爛，幾乎沒有一本再刷過。」也就是說，人氣轉化不成買氣。

一般人，遇此挫折，最直接的想法是：算了，以後直接出書，不貼網路了，那麼讀者為了看我的作品就會買書，然後就哇哈哈書賣掉了。

相信不少人有這反應，然而九把刀說這很蠢：「假設有十個網友在網路上看了小說、其中只有一個會買實體書，『消費者／線上讀者』的比例為十分之一，那麼蠢人作家會做的事就是不再於網路上發表小說，好逼迫線上讀者去書店罰站或購買。然而殘酷的事實往往是：不會買你的小說就是不會買，他看不到你的免費創作，網路上還有很多其他選擇。」

是的，這段話精闢而殘酷，作者不要自我膨脹到以為作品達到不可替代的頂級地位。你站起來，空出來的位置自然有人坐上去。看不到你的書，還有別人的可看。

附帶一提，早期部落格出書，常見格主（作者），或應出版社之請或自己研判，擔心以前發表在網上的貼文影響出書，急急刪去。刪不刪，是個人自由，但這動作很不優雅，好像小學生考試時怕同學偷看而用鉛筆盒遮住考卷。

事實是，會賣就是會賣，不賣就是不賣。網上文章一輩子掛著或隨寫隨刪，與書賣否，不相，干。

本來廣告效果就不可能百分百達陣，但是至少有個比率。九把刀以十分之一為計算，設定十個人會有一個願意掏腰包購書，那麼，我們應該要做的是，努力讓十分之一提升到十分之二、十分之三嗎？

這樣當然最好啦，但難度高。九把刀認為，與其提高分子，不如擴大分母。假定「消費者／線上讀者」的比例不會增加，永遠是十分之一，他要做的，是寫出更多更好的作品，吸引更多粉絲，「慢慢使喜歡閱讀我小說的線上讀者擴大一千倍，如此身為分子的消費者也就會乘以一千。」

也就是說，關鍵在分母，分母要擴大。粉絲愈多，分母愈大，分子數量水漲船高跟著多。十個有一個會買書等於一千個有一百個會買書等於一萬個有一千個會買書……依此類推，十萬個就有一萬個會買書。

不過，十分之一是假設的公式，真正的門檻恐怕還要再高。

看過一則單格漫畫，一場告別式，弔唁者僅有一人，設計的旁白是家屬之間對話：「他臉友不是很多嗎？」

漫畫家意有所指，似乎有意嘲諷臉書或網路的虛擬不實。但九把刀的經驗分享告訴我們，不能怪虛擬，不能怪臉書，不能怪只按讚而不行動的臉友，要怪自己分母太小、臉友太少。

臉書啊，追蹤者與臉友人數少於一萬，每則按讚數量不能一千起跳的話，都算是小眾，要做宣傳促銷活動比較吃力。幾年下來觀察到的結果如此。

我倆
他們
種天生流浪漢

他們用書寫與我們的靈魂交會

Chapter 2

吳濁流、鍾理和、史明、齊邦媛、倪匡、黃凡、吳明益、許佑生、鯨向海……橫跨一百年，台灣島上這些寫作者，各自以不同姿態，綻放光芒。

無路用的男性告白：吳濁流與鍾理和的兩個短篇

女人很辛苦，婦人持家尤其疲累，家務繁忙，從早忙到晚。古時候，男主外女主內，分工刻板，但男女各有所忙，倒也公平。待女人可以拋頭露面出外工作，往往下工回家，還要煮飯，餵養一家老小，比古代更辛勞。到了現代，失業人口增多，先生找不到工作，太太上班扛起一家經濟的，比比皆是。而長期失業的丈夫，轉型為家庭主夫，理所當然，然現實卻不一定這樣，有的沉淪賭酒，性格大變，有的自認有志難伸，牢騷滿腹，不是窩在家，就是在外晃晃。家務，還是女生的事。

家事，夫妻應該共同負擔，在家不上班的一方，多擔負一點，天經地義。若是雙薪家庭，平均分攤家務，合情合理合乎人性。話說如此，總有些糾結在每個人心裡打了好幾個死結。家家有本難念的經，人人有個難過的心，這些都是小說可以表現的地方。雖為尋常題材，表現出時代特色、人性本色，往往就成為好作品。

早期台灣有兩篇傑出的短篇小說，表現丈夫有志難伸的無奈，以及對於妻子操勞過苦日子的愧疚。一是吳濁流〈水月〉，一是鍾理和〈貧賤夫妻〉。

〈水月〉是吳濁流第一篇作品，卅七歲時發表（一九三六年）。新人出手，演出不凡。小說背景是一個寒冬清晨。男人仁吉突然醒來，妻小還在熟睡，他看到妻子，嚇了一大跳。平日不加留意，沒想到她竟然如此蒼老，如此滄桑。才三十歲，看來卻像四、五十歲以上。「衰頭髮蓬鬆乾枯，臉孔瘦削，顴骨高聳，臉色青黃無血色，眼珠深陷，眼角紋重重疊疊。弱的臉孔就像鍍鉾的白鐵皮一樣，鉾已剝落，露出了生鐵，滿面像是生鏽一樣地。」

老婆變老，何以變老？因為操勞。何以操勞？因為他的不好。想起這點，仁吉更加難過。妻子辛苦，每晨四點就起來燒飯，照顧孩子，餵豬、雞、鴨，然後帶便當下田做工。雖有七歲的女兒跟到農場，幫忙照料嬰兒，但嬰兒肚子餓了想吃奶，放聲大哭，只能任其哭鬧，直到休息時間，才能拖著沉重腳步去樹下給嬰兒餵奶。她一邊工作，不時牽掛家裡三歲和五歲的孩子，以及在學校的長男。日將落山，收工回家，放下嬰兒，馬上到廚房燒飯，餵豬，照料雞鴨，飯後還要編大甲帽，時近半夜才得以休息。

這就是妻子一天的生活。為人丈夫，讓妻子內外奔波，心裡過意不去，仁吉感到羞愧。

更愧疚的是妻子的無怨：「她勞苦到這樣地步，心中一定恨我是個無能的丈夫吧！但是，她從來沒有說過一句抱怨的話，只是任勞任怨。」這篇小說貼著丈夫仁吉的心事展開，他的矛盾糾結也反映出日治時期台灣人在殖民體制下的困境，這是吳濁流常處理的題材，深刻刻畫那個時代男人的心態，是作品成功的另一關鍵。

婦人的能，更對比出丈夫的無能。但仁吉其實不差，他自認無能，是縱橫相對而來的印象。橫，指的是枕邊人因他未能一肩挑起經濟責任而這般勞苦；縱，是對比於年少時期的飛揚意氣。中學畢業時，他是高材生，能寫善辯，想去日本東京深造。剛進職場，剛成家時，理想之火還未熄滅，對未來仍然充滿憧憬，以為在農場當雇員，只是暫時之計，他自比蛟龍，非池中之物。可是年復一年，理想還在，勇氣卻漸漸消退了。他的無力感很深。這份無力感有一大半來自大環境——與仁吉同等學歷、年資不如的日本同事，紛紛升遷，加薪，唯他十五年來，原地踏步，仍為雇員。因此，這早他看著一家七口蜷居在被煤煙燻得黑黑的六疊榻榻米屋子裡，看到黃臉婆的憔悴臉龐，想起無用的自己，想起曾經有過卻難圓的留學夢，想起身為台灣人所受的歧視，愈想愈激動，不覺怒火沖天，於是對著睡夢中的妻子大嚷一聲：

「我要去東京。」聽到丈夫的吶喊，妻子驚醒，愕然無語，過一會才期期艾艾，提醒他現實種種，那現實無非是錢、錢、錢。留學的學費，孩子上學的註冊費。仁吉頹喪，想起少年時代的理想，憧憬的世界，美麗的夢，一、二十年，還是難以忘情，平日農忙時無暇多想，忙過了，熱火又燃起。夢想時興時寂，情緒或起或伏，因此，小說最終，說道：「他的夢想像水裡的月亮一樣，圓了又缺，缺了又圓。」本篇就以「水月」的喻意命名。

但「水月」比喻什麼？有論者指出水月象徵美夢常常發作，一如水月「圓了又缺，缺了又圓。」此說有誤。圓了又缺、缺了又圓的是月亮，掛在天上或在水裡都一樣。時圓時缺並不是水中之月的特點。水月，指的是鏡花水月。鏡中的花，水裡的月，都是虛幻不實在的景象。就像仁吉做留學的白日夢，不切實際。

論者又說，〈水月〉主要寫客家人的困境，「反映一個客家人，無論怎麼努力，都無法突破環境宿命的現象。」這也是錯誤的解讀。受到日本不公對待的，豈是客家人而已？這個時候閩客族群同為命運共同體。吳濁流在小說裡並未點明人物的籍貫，不可把作者身分直接冠在小說人物身上。

我們讀〈水月〉，對雙薪家庭仍無從解除經濟負擔的小人物困局深表同情，對男主角仁吉的心思多了同情與理解，然而，這個男人雖然自責，卻僅止於自責，家務完全落在妻子身上，白天兩人同樣上工，下班後女主人一肩挑起家事，他在一旁無所事事，小說並未直接描述這部分，但從妻子下工回家後的忙碌敘述，可知大致如此。以致論者又有一說：吳濁流筆下，客家男人大多犯了大頭病，而客家婦女都沒有時間做夢，累得倒頭便睡，勤勞堅忍。

但可不是客家男人都這個樣子，鍾理和〈貧賤夫妻〉裡的男人可愛得多。〈貧賤夫妻〉是自傳型短篇小說，發表在一九五九年《聯合報》副刊。同樣是貧賤夫妻，同樣是女性一肩挑起經濟重擔，但鍾理和筆下多病的男性（鍾理和自己）體貼妻子，主動分攤家務。

小說描寫「我」與妻子平妹同姓結婚遭家庭和舊社會反對，兩人成為患難夫妻，十數年來相愛無間。「我」因病住院整整三年，終於出院返家，看到妻子一臉滄桑，為了養育二子，籌措丈夫醫藥費而操勞，瘦瘦的手，創傷密布，手掌結厚繭。他十分難過，愧歉之情油然而生。

妻子在農田、林地做工，午晚時分，再匆匆趕回家生火做飯。有一天，丈夫心中不忍，自問：「為什麼我不可以自己做飯？」翌日就動手負責一家四口的飯，日後並擴及洗碗筷、灑掃、餵豬、縫紉和照料孩子等家事。（除了洗衣服始終沒有學好。）從此女主外，男主內。「雖然我不能不讓她男人似的做活，但仍然希望她有好看的笑顏給我看：只要她快樂，我也就快樂。」多麼深情的心情告白。

〈水月〉以男主角的意識流動為主，〈貧賤夫妻〉則充滿動感，尤其下半部分，妻子盜採林木遇臨檢，倉皇躲避緝捕。小說寫來驚心動魄，之後卻有很正面的結局：男主角後來在鎮裡找到差事，每天花兩小時為電影院寫廣告，其餘時間休養身體，「雖然報酬微薄，只要我們省吃儉用，已足補貼家計之不足，平妹已無需出外做工了。」

這算是 Happy Ending 吧，雖然我們已經知道，鍾理和家庭的往後日子並不是這麼平順。〈水月〉與〈貧賤夫妻〉的男性角色，都不是發達的有錢有權的人，在俗世之人眼裡，可能被視為沒出息。沒出路，用台灣話講，叫「無路用」，以創作歌手陳昇的歌詞講，正是「低路的男性真不幸喔」。他們的自卑或自責，彷彿無路用的男性告白，而這告白，聲音是那麼的微弱。

吳濁流（1900-1976）

台灣著名詩人、小説家。生長於日治時代，早年作品多為台灣人在日本統治下的生活，處女作〈水月〉（一九三六）描寫主題即為台灣男人遭受歧視的鬱悶心情。之後十年（一九三六到一九四六）的短篇小説亦以此為題材，多描寫台灣人遭受日本不平等待遇的種種情事，以及台灣仕紳欺負台灣人的行徑，長篇小説《亞細亞的孤兒》則是台灣人被日本與中國歧視的痛苦，一九四六年以後的短篇創作多以控訴國民政府貪污與政治迫害為主，如半自傳長篇小説《無花果》與短篇小説集《波茨坦科長》，作品批判風格強烈。

《亞細亞的孤兒》

《波茨坦科長》

想了解更多書籍資訊，請掃瞄 QRcode

原鄉人與稿紙上的血

幾十年前的事了，在電影院看《原鄉人》。書稿不獲青睞，窮困潦倒，帶病寫作，最後咯血在稿紙上，作家鍾理和的故事，讓我感動而感傷。但是感動歸感動，當時我才二十一歲，作夢的年紀，熱血，理想，認定文學與寫作是生命的最高價值，為寫作殉道是應該的，寫作者應如是。這種殉死念頭，延續了十幾年，直到年歲漸長，夢醒了，體會到性命和身體是自己的，文壇是別人的，一定要好好過日子，和家人一起變老，安定存活……。

電影只看過一次，劇情忘記大半，有一幕卻久久難忘：鍾理和要次子鍾立民下山去買五塊錢米糠。作家吃米不知米價，不知五塊錢可買多少米糠回來，瘦弱的鍾立民拖著重重一大袋，跌跌撞撞，走走停停，回到家精力散盡。因為過度勞累，鍾立民生病發燒，終因未及時醫治而夭折，才九歲啊。讓人鼻酸的一段戲。

傳統社會中的男人，無力生產，靠妻田作，養家，所鍾情的寫作，卻換不了稿費，心事鬱積，痛苦可以想見。我有很長的時光，當人家戲稱的坐在家裡的「坐／作家」，賺不了錢，對鍾理和之同理同情，比起其他作家，更深一層。

如今在網路重看這部電影，感動少了幾分，因為更多的感觸已在閱讀中完成了。電影當成娛樂欣賞還不錯，男女主角漂漂亮亮的，尤其林鳳嬌開場在火車上嫣然一笑，典雅秀麗略帶鄉土氣味，和林青霞野性空靈之美大不相同。比較刺耳的還是那些標準國語配音，客家話、日本話以及中國東北方言消音不聞。那時代的電影本就如此，也不好說什麼。

《原鄉人》電影和原著是兩回事。文學作品的〈原鄉人〉只是一篇散文或自傳體小說，講的是敘述者眼中的原鄉人（其實就是所謂的外省人），不是鍾理和、鍾台妹的愛情故事，也不是作家的寫作生涯。電影《原鄉人》是鍾肇政依據鍾理和半生故事另外寫成書稿，張永祥改編劇本，李行導演。

四、五年級同學因為電影，或許對鍾理和有基本認識，這一代年輕朋友，鍾理和可能是陌生的名字，沒想到鍾理和之名再度躍上主流媒體，是在政治新聞裡。

二〇〇四年三月，中國總理溫家寶在北京人民大會堂，回應記者台灣選舉問題時，朗誦鍾理和〈原鄉人〉結尾的一段話：「原鄉人的血，必須流返原鄉，才會停止沸騰！」不過他老兄念錯了，把「原鄉」說成「原野」，這一字之差，真要細究起來，就達不到溫和喊話的效果了。

經媒體一報，這位客籍作家與中國的關係、印象和感情在文學界又引起小小討論。但我想，這沒什麼好談論、爭辯的。鍾理和逝世於一九六〇年，那時台灣人的台灣意識不若今日之顯性而強烈，況且溫家寶能引用的也就這麼一句了，他必須有意無意迴避〈原鄉人〉的主要內容，以及鍾理和其他作品的中國印象。

鍾理和在〈原鄉人〉寫到他從小所遇到的原鄉人，也就是中國大陸過來的人，印象之差，以及心裡的疑惑。例如一位老師，教學有方，認真，卻隨便吐痰，且喜吃狗肉，宰狗手段殘忍之至；之後一位，同有吃狗肉癖好，雖然眼睛不好，手腳微顫，打起狗兒來卻凶狠而勇猛。（底下一串屠殺敘述，過於殘忍，拍成電視須打馬賽克。）

從日本老師口中，他又聽到種種中國人的劣行。這些故事一則又一則，令人匪夷所思——「我不能決定自己該不該相信。」

又，他的父親回鄉祭祖，回來後說起那邊，「又生氣又感慨地說：地方太亂，簡直不像話；又說男人強壯的遠走海外，在家的又懶、又軟弱。」

等等對原鄉的失望與矛盾，溢於言表。

就更不提〈白薯的悲哀〉了。這篇寫戰後，在北平，台灣人用保護色隱藏身分，避開被中國人視為日本人的羞辱，台灣人的身分變成說不出口的禁忌，和蔡振南〈母親的名叫台灣〉的歌詞意涵異曲同工。因此鍾理和寫道，「台灣人把台灣藏了起來。」

此篇何其沉痛，無奈而嘲諷。為政治宣傳而強化鍾理和「心向祖國」的人士，豈敢面對鍾理和筆下這些主題？早期秦漢、林鳳嬌的電影，對此更是避之唯恐不及，變成愛鄉愛國的勵志電影了。

鍾理和（1915-1960）

客籍作家，作品多描寫客家村落的風土人情，多山環繞的農村裡，客家人如何面對現實與改變的折磨。鍾理和與同姓的鍾台妹相戀而不見容於父老，離家到中國瀋陽，後來也是作家的次子鍾鐵民便是在瀋陽出生。以高雄縣笠山的農場為背景的代表作《笠山農場》不僅有濃濃的自傳色彩，亦呈現了客家農村生活的靜美與堅忍。離世時僅四十五歲。

《原鄉人》

想了解更多書籍資訊，請掃瞄 QRcode

史明的革命進行式與《台灣人四百年史》

我的台灣史啟蒙之書，和許多閱讀者一樣，是史明的《台灣人四百年史》。就算最早接觸的不是史明這本著作，但有所感悟，有所啟發，因而堅定了一些什麼決心的，也是這本。

光是漢文版，《台灣人四百年史》就好幾種版本了。我的紅皮版，據史明說，是鄭南榕印行的，內容記事到一九八〇年，也就是出版那一年。史明寫作認真，資料多次增補，與時俱進，和新版比起來，我這本已經不夠周全了。

我的《台灣人四百年史》分上下兩冊，上冊快翻爛了，下冊卻很少看。下冊寫到近代台灣以及強權下國際形勢（美、日、中）對台灣的影響，也以相當篇幅談論中共的權力鬥爭與文革諸事，雖不能說與台灣沒有關係，但畢竟隔了數層，而且我對中共如何胡搞瞎搞，興趣不大。閱讀史明，主要是為了台灣史。求知若渴，不想分心。

至於史明是什麼樣的人，何以那麼關心馬克思與毛澤東？早先並不明白。讀近來出版的三冊《史明口述史》以及《史明回憶錄》之後，才有所了解。

史明的史書與回憶自傳應該結合起來閱讀。有時候我們只須專注讀一本書，作者生平背景不清楚也不妨，史明的想法經歷卻不能略過。在史明的台灣史書裡，我們讀到的不只是台灣史事，也讀到台灣人的辛酸血淚，受迫與反抗的紀錄，作者史明的精神與鬥魂貫穿紙頁，那是一位台灣獨立運動者憂心忡忡的諄諄告誡，讓我們反覆反思。

史明寫史，用意不同於一般學者。他不是學院中人，他把寫作當作運動的工具，是宣傳思想的武器。史明的生命軌跡，都和台灣獨立運動緊密牽連。例如他為獻身革命，早早結紮，寧可無後，不願有所牽累。雖然他的革命之路，曲折多向，隨著層層認識，覺今是而昨非，多次修正路線，最後以台灣獨立反殖民定調。

這些事蹟也影響史明下筆的觀點。早期史明信奉馬克思主義，從留學的日本，前往中國，參加中國共產黨，投入抗日陣營，卻在解放區發現毛澤東對待異己的方式，所繼承的，是法西斯與中國帝王思想，而不是馬克思。失望之餘，一九四五年五月從解放區回故鄉台灣，又發現蔣介石政權好不到哪去，於是成立「台灣獨立革命武裝隊」，準備刺殺老蔣，這時聽說日本軍方曾藏機槍在苗栗山區，他背鐵桶，假裝入山採香茅油，可惜事機不密，乃偷渡日本。在日本，開麵店，寫書，發展地下工作，以推翻國民黨政權為己任。史明這些故事精彩十足，像諜報電影一樣（史明本身就是地下情報人員）。

《台灣人四百年史》是近代第一本台灣史專書。史明到圖書館看書，蒐集資料，利用麵店打烊後徹夜讀書寫作，寫了兩年多。書寫成之後，國民黨政府惶惶不安，透過管道與日本各出版社連絡，企圖買斷版權，阻止出版。史明好不容易找到出版者，並要求保密，包括史明是何許人也，都不能說。史明在日本用的是本名施朝暉。

洩露史明身分的是王育德，《苦悶的歷史》作者。《苦》書比《四百年史》早動筆，但晚完工（一九七四）。我也喜歡這本，比較起來，言簡意賅得多，有時想要翻閱簡易版本的台灣史，我就拿出《苦》來溫習。

一九六二年，《台灣人四百年史》日文版推出，一九八〇年代才有漢文版。書名用「台灣人」而不是「台灣」，和柏楊《中國人史綱》著眼點一樣：歷史不是帝王將相的紀錄，人，才是主體。統治者會換人做做看，民眾還是原來的民眾，一樣存活在這塊土地上，為生活打拚。

《台灣人四百年史》的史觀異於一般台灣史著作，不管你認不認同，不得不佩服史明考據之認真。即以豐富的圖表為例，便為論述增添許多說服力，令人讚歎。據史明口述，書中寫到國民黨在台諸多統計數字，他不相信官方發布的訊息，還得動用臥底的情報人員去搜集，其用心如此。

《台灣人四百年史》的意義與地位，不是在百花齊放環境中成長的新世代可以想像的。如今台灣史著作之多，N倍於既往，卻無可取代者。而當年我懵懵懂懂地讀史明著作，也沒想過，史明，一個禁忌的名字，有朝一日他會回來台灣，且頻頻曝光，在街頭，在宣傳車上，在演講會場，在新書發表會，在紀錄片裡。而出現在眼前的所謂暴力分子，曾經在台灣炸過軍用火車（據說炸了六次），炸過變電所，燒過派出所的獨台會首腦，竟然溫文儒雅，帶著書卷氣。然而在書生形影之外，他又擁有屬於革命者的銳利眼神與充沛的精氣神。

在紀錄片《革命進行式》裡，給我最深印象的鏡頭，是身形佝僂的歐吉桑，拄著拐杖，從住家一樓，步履維艱，爬上二樓，走進臥房。另一幕史明在游泳池，身子彎曲到如同陪伴者說的快垂到地上了，他仍堅持自己行走。長鏡頭之下，近百歲的老先生慢慢地，堅毅地，一步一步走，觀眾屏息注目，唯恐他一個不小心仆跌受傷。

「革命進行式」，這部紀錄片的片名取得真好。自啟蒙後，史明一生都在進行革命，似乎生下來就在為革命做準備，他是永遠活在革命當下的人。

這位台灣政治黑名單的最後一人，近幾年透過各種媒介，我們見識到他左派的身影，革命者的氣勢。然而能夠了解他的心志，與其靈魂交會的人，恐怕寥寥無幾。身為革命先行者，便註定了革命路上孤獨的身影。但史明選擇相信，拒絕退卻，相信革命必成，相信台灣必然可以獨立，是以堅持到底，不曾變節。他費時二十年，數易其稿，撰寫的《史明回憶錄：追求理想不回頭》，頗有傳承交棒的用意，他是陸上行舟永遠前進永遠不畏不回頭的舵手。

史明（1918-）

革命家，一生著作論述與武裝行動並行。一九五一年因預謀槍殺蔣介石遭通緝，流亡日本，創立「獨立台灣會」，開設中華料理店，白天包餃子，晚上撰寫日後影響深遠的《台灣人四百年史》。中華料理遠近馳名，藉此籌措革命經費，支持島內地下工作，致力於台灣獨立運動。一九九三年回到台灣後，持續推廣理念至今。

《史明口述史》

《史明回憶錄》

想了解更多書籍資訊，請掃瞄 QRcode

永遠的齊邦媛

一

風和日麗的那個午後，在「爾雅書房」，我第一次見到齊邦媛老師。她剛出版《一生中的一天》，出版社為她舉辦新書分享會。書是出版人隱地和作家陳幸蕙幫忙編選的。先是隱地去信，表示想出版她的散文集，齊邦媛推說，恐怕沒時間翻出舊稿來編輯。隱地說，不用勞駕您，我們幫您編好了。啊，那麼還得寫篇序啊！也不用，隱地說，我們節錄了您的幾句話，輯為一篇，作為序文。

書，就這樣上市了。會場好多人，台大柯慶明教授致辭時，稱譽她為「台灣文學國母」，她以嚇壞了的表情，撫按心口，表示愧不敢當。模樣極為逗趣。

在此之前，我未曾見過齊邦媛本人，僅讀過作品。當她致辭，一開口就是「我們台灣文學」、「我們台灣」。她說：「我們台灣文學要加油。」要掌握我們的優勢和特質，好好努力，不要輸給中國文學。聽得我五內翻湧，感動異常。

後來得知，「我們台灣」是齊邦媛的口頭禪。這句話經常聽到，但大都出自政治人物以及本土意識濃厚的作家、評論家之口，而齊邦媛，所謂的外省人，在中國大陸出生、成長的學者，卻經常把這些詞語掛在嘴邊，這不是常見的現象。她不是喊口號，不是謀利益，或向哪個團體表態交心，但文壇人士都知道，她持續為台灣文學做了許多事，透過教學、編書和譯介，替台灣文學向國際發聲。

台灣文學作為「我們的文學」，天經地義，卻非人人認同。尤其在台灣代表全中國的那個年代。她一方面遭到大中國主義者指責，一方面又帶著外省人的原罪。外省族群在台灣是尷尬的，即使融合於這塊土地，政治或文化認同也常遭質疑。她追憶，有一次參加台灣文學座談會，老作家坐著，不跟她握手，只問：「你會講台灣話嗎？」

對齊邦媛來說，來自政治的紛紛擾擾，實無必要。她為台灣文學所下的定義，明確簡易：「自從有記載以來，凡是在台灣寫的，寫台灣人和事的文學作品，甚至敘述台灣的神話的傳說，都是台灣文學。世代居住台灣之作家的當然是台灣文學；中國歷史大斷裂時，漂流來台灣的遺民和移民，思歸鄉愁之作也是台灣文學。」在這種定義之下，文學之路無限寬廣，有容乃大，就算被譏評為血統不純，又如何呢？

二

再讀到齊邦媛，是五年後的事。她出版了長篇自傳《巨流河》，何其厚重、沉重而穩重，磚頭一般的生命大書。此書開筆時她八十高齡，正是前述《一生中的一天》出版那年，定稿推出時已經八十五歲。拜讀後才知道，因為家世，因為時局，她的一生漂流，在國家苦難、時代動亂中成長。出生於一九二四年的她，經歷中日戰爭，接著國共內戰，朝不保夕；政府遷台後，雖然戰亂暫歇，但父親齊世英先是為東北問題得罪當局，後又因與雷震組黨而遭監控，全家過著風聲鶴唳的生活。在亂世中支撐著齊邦媛的信念，就是文學。

若要為這本回憶錄，或齊邦媛一生，找關鍵字，大概就是「讀書」和「文學」了。《一生中的一天》寫她從台大外文系退休的最後一堂課，「下課鐘響時，我向這幾十張仰起的年輕的臉道別，祝福他們一生因讀書而快樂。」

好一句「因讀書而快樂」啊。連祝福語也不脫閱讀之美好。

齊邦媛在自述中多次強調，不論烽火連天，流離顛沛，始終抱持讀書不輟的信念。她說，一生讀書為人的基礎，正是避難重慶、就學於南開中學奠定的。人家是風聲、雨聲、讀書聲，聲聲入耳，這群學子聲聲入耳的卻是警報聲、轟炸聲，讀書聲。而日子再艱難，生活再困苦，任敵機空襲，臭蟲肆虐，書本卻無時無刻不隨身帶著，躲在防空洞誦讀不斷。

在國難當頭、革命開展之際，閱讀文學，有時難免讓人覺得不合時宜。回憶錄寫道，中日戰後，不少同學信奉中國共產黨，一心搞學潮、弄革命，見齊邦媛風花雪月，誦濟慈、雪萊詩，對她鄙夷，奚落，甚至絕交，讓她不解而難受。然而正是這些詩，終其一生，在不如意的時候，陪伴著她。齊邦媛說雪萊：「在人生每個幾近淹沒志氣的階段，靠記憶中的期許，背幾行雪萊熱情奔放的詩，可以拾回一些自信。」而濟慈，「他的詩與我似是人間困苦相依，維繫了我對美好人生的憧憬。」可以說，文學是一生情感所託，心靈所繫，是和命運對抗的武器。

也因為這個經驗，齊邦媛決定文學還給文學，和政治脫勾。日後，她從事文學教育，和各個政治立場的作家，都能不分黨派結為文友。文學就是至高無上的標準，一位作家，作品評價不因政治主張而有所增減，也不會因為政治立場的轉變而有所褒貶。此所以齊邦媛被稱為「永遠的齊老師」，被尊稱為「齊先生」的原因。因為她心中有「永遠的文學」，一輩子致力於文學教育，散播文學種子。

三

二〇〇九年，台灣經濟依舊低迷，出版市場依舊不振，但書市連續出現好幾本以巨變的一九四九為題材的書，或為流亡的靈魂留下印記，或為時代的苦難作出見證。除了齊邦媛《巨流河》、龍應台《大江大海一九四九》、王鼎鈞《文學江湖》，另外還有《我曾是流亡學生》（成英姝／成湯）、《台灣，請聽我說——壓抑的、裂變的、再生的六十年》（吳錦勳訪談）、《一九四九大撤退》（林桶法），以及《一九四九石破天驚的一年》、《一九四九浪淘盡英雄人物》（林博文）等書。

書中記錄這些在關鍵變局中活過來的人，他們走過「訪舊半為鬼，驚呼熱中腸」的歲月，家破人亡，親友離散，不會沒有是非愛憎，沒有愛恨情仇，一切情緒必然強烈而分明。但正因闖盪過大風大浪，經歷過顛沛流離，生命推向一定的高度，回顧曾經的悽愴悲慟，風雨如晦，傷口漸漸化膿結痂，生命反倒展現出更強的韌性和更寬廣的厚度。齊邦媛總結對日抗戰的歷史時說：「我在這場抗日戰爭中長大成人，心靈上刻滿了彈痕，至今仍無法原諒人類可以對人類這樣，但是，這麼大的痛苦我都經過了，所以現在我不計較，我幾乎沒有恨，我愛我所有的學生、這裡的每一位朋友，我流浪了一輩子，台灣卻是我的一生之所。」

如此表白，如此真情，豈不令讀者動容難抑？

據自序透露，本書原為口述記錄，因為零碎散亂，幾年之後，傳主只好定心親自撰寫。幸好這個放棄口述、親自擲筆的決定，一世文學人的功力於焉顯現。齊邦媛以文學筆法，追憶似水年華，交代家國的苦難，個人生命的曲折，讓傳記更加動人，更加撼人。卷末，寫她返鄉觀海，看中國東北的巨流河，入海匯洋，流向南台灣的啞口海，河流的意象貫串全書，象徵「逝者如斯夫，不舍晝夜」的哲學命題，也以河流的方向寓其漂流終歸島國的生命史。而位於鵝鑾鼻的啞口海，書中寫道：「海灣湛藍，靜美，據說風浪到此音滅聲消。」「一切歸於永恆的平靜。」以此總結，好像交響樂最後的樂章，迴盪不已。

《巨流河》這本回憶錄，是個人的傳記、家族的紀錄，是近代史的縮影；是小說、散文，更是史詩。在此引用學者陳芳明一段話為本文收尾：「以前齊教授對我來說是一座冰山，我永遠不能了解她全部，只能看到冰山一角；但看完《巨流河》，她對我來說是一座火山，因為裡面每個字都在發燙，都是有溫度的。」

齊邦媛（1924-）

武漢大學外文系畢業，一九四七年來台灣後，多年來引介西方文學到台灣，並將台灣代表性文學作品翻譯、推介至西方世界努力不墜。致力於編選、翻譯與文學評論。二〇〇九年完成二十五萬字家國回憶之書的《巨流河》時，齊邦媛已經八十五歲，她孜孜矻矻書寫，「要說的是別人不知道的事。」《巨流河》出版後引發廣大迴響與感動。那些原本別人不知道的事，透過她的記憶之河，漸漸地匯流入生者的記憶裡。

《巨流河》

《洄瀾：相逢巨流河》

想了解更多書籍資訊，請掃瞄 QRcode

張炎憲的那一聲

過了二十五年，我還記得，他那一聲「lan」。

那天，我又來到中研院，拜訪張炎憲老師。研究室已經有訪客了，正在請教台灣歷史書的編撰問題。這人是莊展鵬，他從漢聲轉進遠流，成立一個編輯室，名叫「台灣館」。

我坐下來等候，卻坐塌了一張椅子，一屁股凹陷下去。（我那時候還很瘦，不是我的錯。）

莊展鵬離開後，張炎憲老師告訴驚魂甫定的我，遠流台灣館編輯室的企圖與作法，他們以創意取勝，但我們可以在資料上面作出區隔。

他是用台語說的，我們對話一律用台語，「我們」，就是「咱」（lan）。

因為編一部台灣史工具大書，我多次和張炎憲老師討論、請益，或餐敘，或面談，或通電話。有時候在出版社，有時候在車子裡、在他家。雖然是很繁重的工作，但畢竟是民間出版社的出版品，對他這樣的學者而言，比不上學術會議、論文、教學、田野調查的重要，而這部書籍封面也不會掛上「張炎憲主編」的字樣。他是召集人，是審查者，名字只出現在版權頁小小一行裡，他卻把它當作重要的事，百忙之中仍撥冗看稿。因此當他以「咱」指稱我們所進行的編務，雖然可能是不經意說出，或者只是口語習慣，卻給我共同體的感覺，我心裡充滿暖意。

後來知道那是他對台灣的關切。凡是台灣的東西他都帶有深情，台灣的事物都珍惜，台灣的事務都願參與。他對台灣主體的堅持，台灣意識的堅定，一點也不含糊。當很多統派人士昏頭昏腦地批評台灣文史工作者媚日，就讓我想到張炎憲老師。

張炎憲老師當年赴日本東京大學攻讀博士學位，表面看似風光，羨煞許多人，他心裡卻有所不甘，不甘心於日本在台灣殖民統治五十年，戰後他卻不得不去日本讀台灣史。後來雖然拿到博士，但他對統治台灣的日本並無好感，以致女兒要嫁給日本人，起初他遲遲不點頭，婚禮上他說這個女婿什麼都好，可惜不是台灣人。

張炎憲老師和善，愛笑，沒有架子，唯牽涉到國家認同與正義公理議題，絕不含糊，該據理力爭的，該糾正抗議的，就會扳起臉孔，嚴肅面對。

又例如前往中國這件事，好多意識強烈的本土論者進出中國多次，他卻不去。不是針對特定國家，而是台灣人入境用的是台胞證，這規定讓他無法接受。「我們不是中國的同胞，為何用台胞證？」

這樣堅持，如此堅決，卻不曾大聲疾呼高喊口號，不曾自我宣傳標榜，即使批判，也不出惡言，只默默扎根式的推動各種歷史教學。他的學術之路，步履堅定，從不畏縮，從不踉蹌。他在國史館館長任內，把史料的紀錄整理與出版方位轉向台灣，他主編《台灣風物》，推動吳三連基金會活動，演講、教學、指導學生，從事田野調查，出版口述歷史書籍，無不以台灣為軸心。雖然「鞠躬盡瘁，死而後已」的形容稍嫌老套，但也沒有更好的詞語了。他赴美採訪台灣人獨立運動史，卻不幸倒了下來。他為台灣文史而活，也為台灣文史而逝。

張炎憲老師是瞇瞇眼，卻比多數人看得清看得遠，他個子不高，但立足在台灣土地上，顯得高大華偉。他是我最敬愛的台灣歷史學者。

張炎憲（1947-2014）

台灣史學者，特別致力於二二八與五〇年代白色恐怖期間的口述歷史。擔任中研院社科所研究員時曾花費四、五年時間走訪台灣各地，訪問受難者家屬，完成數種二二八口述歷史專書。二〇〇〇年至二〇〇八年任國史館館長，嘗試以體制內的方式讓台灣歷史得以被看見。張炎憲曾自白，之所以投身口述歷史訪查是因為，由統治者編撰制定的文獻資料只能理解統治者的心態與政策制定過程，被統治者的心聲往往不得而知。口述歷史卻能從民間的角度，找回那個時代台灣人的歷史感情。

《治史起造台灣國》

《悲情車站二二八》

想了解更多書籍資訊，請掃瞄 QRcode

快人快語快寫快讀什麼都快的倪匡

二十餘歲，前途茫茫，我無所謂，媽媽擔心，拐我去算命。命相館在二樓，我心不甘情不願，坐定後，不發一言。命相師專攻紫微斗數，在紙盤上畫出一堆線條，畫到一半，開口說：「年輕人，我知道你不信這一套，我說的你參考看看，信不信在你。」頭一樁講的就是：「你是寫稿子的人。」我嚇了一跳。接著更可怕：「但你寫得慢，一篇稿子，改了又改。」對，我的症頭。眼高手低，執行力差，字不成句，句不成篇。很羨慕別人下筆快，文不加點，七步成詩。很想得到文章速成的武功祕笈，但我相信就算悟出訣竅，一旦動手，還是慢工。慢工出的卻不是細活。

文字快手讓我既羨慕又佩服。例如寫作飆速的倪匡。

倪匡快筆，舉世罕見，他自稱是世界上漢字寫最多的人，最高紀錄一小時可達五千字，最慢也有兩千五百字，平均四千多字，用投手球速的概念來看，大概是均速一百六十公里吧。有幾年時間，他每天寫兩萬字。也只有這種速度，他才有本領在極盛時期一天寫十二篇連載小說、五個專欄。

為什麼倪匡可以這樣奮筆疾書？他吐露兩個祕訣：用廉價圓珠筆、字體靠稿紙邊。但我認為技巧其次，最主要原因只有一個：天分。

倪匡反應敏捷，什麼都快，這是天性。他閱讀快，最快一天可以閱讀二十萬字的小說，講話快，連珠砲，慢點反而講不出來。反映於寫作也跟著快。快是習慣，也是態度。

快的習性，配合寫作原則與模式，就真的快速無比，所向無敵。這原則與模式是：不想那麼多，寫就是了。倪匡天性樂觀，接電話先是哈哈哈哈連笑四聲，身圓如彌勒佛的他，對於寫作，態度也很寬鬆。說他寫不好，他笑一笑，不好就不好，大家讀得高興就好，何必正經八百？一旦想多綁手綁腳，寫著寫著就寫不下去了。

天生的快，加上後天的鬆，多好哇，好像一個聰明的學生，作業一下子寫完就可以出去玩。所以這是天分，天分就是天命。回想我年輕時那次算命，算了命才頓悟，寫快寫慢，非關人力，而是天授。這是天命啊，認了。

不過倪匡最厲害的絕活，不是寫作快與多，而是替武俠小說連載代打，打擊力和他記憶力一樣驚人。

武俠小說在報紙連載，天天見報，最怕續稿未到，偏偏這些作家專欄多，有時候分身乏術，有時候出國了，醉了，身體不舒服，心情不爽，續稿未到，偶爾停個一天也罷，這一停若一兩週或一兩個月，甚至不寫了，可麻煩。連載怕開天窗，這時需要代筆，快筆倪匡是第一把交椅。二十三歲時幫司馬翎代筆，三十歲幫金庸——這是著名掌故。金庸要歐遊一兩月，《明報》逐日連載的《天龍八部》怎麼辦？只好請倪匡代筆。金庸交待不能弄死任何一個人，倪匡答應，卻趁金庸上午上飛機，下午開筆時就把自己討厭的阿紫弄瞎了。金庸回國知道後十分不悅。

倪匡還幫過古龍、臥龍生、諸葛青雲等人續筆，厲害的是，代打續寫，未曾被讀者識破。有一回被讀者臭罵，但不是代寫被逮到，而是那次古龍寫《絕代雙驕》，續稿不到，倪匡那時在雜誌當編輯，就幫忙接續，這一代筆就是四個月，古龍卻突然心血來潮，寫續稿來，把之前自己寫的小說接了起來，卻和倪匡續筆的情節兜不攏。倪匡一看，這怎麼辦呢？打電話問，古龍說：「照登。」倪匡只好胡扯一番，就說之前種種其實是小魚兒作夢，惹來不少讀者寫信開罵。

能代筆續寫已經夠高明，更強的在於立即接手。一般程序，接棒者總要把原作讀過，揣摩風格，設想情節發展，此君似乎不用這麼複雜程序。這不是天才是什麼？但有一強必有一弱，蘭嶼作家夏曼．藍波安提過，他常對女兒碎碎念，要女兒用功之類的，有一次，他的手機故障，請女兒拿去修理。女兒一看，哪有壞掉？沒電啦。她罵爸爸笨蛋。他被罵，一時愣住，這不是他常罵女兒的嗎？怎麼反而用在自己身上？但手機沒電卻以為壞掉，這不是笨蛋是什麼？夏曼．藍波安的結論是：「笨蛋是循環的。」

倪匡循環到笨的地方，顯現在電器使用之際。傳真機不會也罷，收音機也不會用。轉廣播頻道聽節目，這麼簡單，他不會。他想聽的電台節目有五個，就買五台收音機，請兒子幫忙定好頻道，他想聽什麼節目就開哪台收音機。這些趣事與糗事，江迅的《風雨任平生：倪匡傳》寫了好多。

但說倪匡電器白痴，偏偏蔡瀾有一本書，專寫倪匡的事，書裡提到，倪匡在美國閒閒無事，不會開車的他，卻愛拆解、組合汽車。連車都可以組裝，天才若此，怎可能不會用收音機？百思不解。很怪。不過怪是正常的，不怪就不是倪匡了。

倪匡（1935-）

知名香港作家，編劇，被喻為「香港四大才子」之一。倪匡出生於上海，二十二歲逃亡到香港，在工廠打工謀生，後來開始投稿，從此開啟傳奇的創作人生。創作初始寫武俠小說，二十七歲以筆名「衛斯理」寫科幻小說，筆下主角衛斯理充滿魅力又傳奇，知識淵博，從小習得武功，人生中有許多驚險奇怪的遭遇。故事情節匪夷所思，內容緊湊。衛斯理系列多達一百四十多本，風行台港，並拍攝成電視、電影。

除了科幻小說，倪匡也在一九六〇年代香港武俠片興盛時開始撰寫劇本，代表作有《獨臂刀》與《精武門》。

《大廈》

《玩具》

想了解更多書籍資訊，請掃瞄 QRcode

生活者孟東籬的歪理與成見

一．生活者孟東籬

思考一個問題：閱讀《濱海茅屋札記》，或《湖濱散記》，或區紀復的作品，要像作者一樣，躬耕於野，隱居在鄉，大概很少人做得到，不論是不能，或不願。那麼，這樣的閱讀，會不會只是一種補償心理？或自我安慰？就像手捧旅遊書，在紙上漫遊，過過乾癮，解解悶，自我滿足那樣。

假若閱讀行為有所求，不是像看娛樂電影那般打發時間而已，讀孟東籬，我們能改變什麼？得到什麼？閱讀的意義何在？

孟東籬是個認真生活的人，他以「生活者」自許。他說：「當我死後，我的墳墓上要這樣寫：『一個生活者』——不是哲學家，不是思想者，詩人或藝術家。我僅僅是一個生活者。」與凡夫俗子不一樣的是，孟東籬的生活是經過思考的，是建立在一些信念之上，並且隨著經驗而反省修正所形成的風貌。

孟東籬的生活簡樸，重視精神層面，擺脫物質牽絆。但他不是宗教修道者，他虛無，他愛欲憎惡分明，甚至時而給人偏執的感覺。

讀孟東籬，尤其《濱海茅屋札記》，心領神會之後，或許不見得想學他一樣，蓋一間房子，種一棵樹，過簡單的生活，但生活價值觀必然有所轉變，懂得傾聽自己內在的聲音，朝「大隱於市」的目標邁進。

不管過的是什麼樣的生活，至少要清楚你所要的是什麼。不是做作給別人看，也不是追求時髦。孟東籬講述一個例子：有一個人，每天早晨四、五點，從台北郊區自宅開車到新竹某高爾夫球場打球，他說是為了運動健身。然而何必那麼麻煩呢？孟東籬問。要運動，他住的台北郊區空氣好，動一動，不花錢，不好嗎？打高爾夫，要錢，車子、汽油、球場證，都要錢，但人就是這樣，用錢買來的東西才值得，不要錢的反而不要。

因此在孟東籬眼中，這位仁兄打高爾夫，說運動只是幌子，實際上和許多球友一樣，是花錢追時髦，是環繞著交誼而來的活動。

孟東籬又舉以色列的梅爾夫人為例說，政治人物每每宣稱在位情非得已，他們很想躬耕於野，孟東籬不懷疑這些人的真誠，但他認為，以感覺而言他們是真誠的，但對事實沒有真正認識，很多政治人物一輩子沒摸過泥土，偶爾做秀，只是手指沾點泥土。鄉村的躬耕之所以美好，只因為它是城市繁華的對照與互補，過一種生活，就渴望另一種（俚語：呷碗內，看碗外），真要過鄉野生活，恐怕受不了。

大隱於市、簡單生活，是一種態度，貴在實踐，不是口號。可是減法過生活，被認為是中老年生活觀。大家習慣了加法過活，只不過加過頭了，最難抗拒XX元吃到飽的誘惑，從吃的到3C產品，都是繁複當道，愈多愈好。陽春型的東西，成為乏味老派的代名詞。

孟東籬有文〈幸福與單純〉說，幸福是單純的事，但人用複雜的方式追求它。

孟東籬說，許多人自以為追求的是幸福，其實是「得」。名利俱得，是謂幸福。真正的幸福，應該是「什麼東西都得少一點」，而大家追求的，恰恰相反，「什麼都盡量的多」。

幸福是過著簡單的生活。簡單的食物，簡單的住宅，簡單的交通工具，簡單的穿著，簡單的人際關係。簡單的心思。

但說回來，孟東籬自承，他所謂的幸福，許多人不認為是幸福，而是「難耐的寂寞」。他也自諷，即使他自己，也不時感到這種幸福中有一種寂寞。

所以這分寸很難拿捏，就算知道該戒的要戒，該做的要做，不要這樣，不要那樣，還是無法隨心所欲。我們不是修道者，不是聖賢，不是，也不想。

話說回來，自己的國家自己救，自己的靈魂身體自己顧，生命走到一個階段，年少輕狂不在乎的，漸漸會關心起來。只不過往往晚了點，常在大病一場，大難發生後，開悟，轉變。孟東籬說：「有些人，脫繭似乎太慢了，當他脫繭而出變做成蟲時，已經老了。」

他又為這段文字加了眉批：「我就是這樣。但又何妨！」

是啊，又何妨？孟東籬不是說教的人，他寫所想到的事，以及所過的生活，沒有要鼓動誰，或希望誰追隨。這是他可愛之處。難怪那麼多朋友喜歡他，老少賢愚都喊他「老孟」，除了他的真性情，也因為隨性自在而不囉嗦的性格吧。喜歡教訓人的學者作家很不討人喜歡。

二・孟東籬的歪理與成見

孟東籬重現江湖，七冊紀念選集，我各讀過幾回，眼球停留最久的，是《濱海茅屋札記》。這書內容很簡單（好就在簡單），主要是孟東籬和兩個小孩大牛、小牛，與他們的媽媽（蘋蘋，因為沒有名分，在書中加引號，稱之為「媽媽」）以及與鄰居小孩的互動。他記錄日常生活的起居，生活模式很簡易，無非吃飯、散步、看海、聽風等平常事，偶爾寫出思考所得。思考心得，不用引經據典，孟東籬雖然翻譯多部哲學書，但不太引用哲學家的話，大多為自己的觀察、思考，用簡單話語記下來。更多的是，專注在生活本身，不是修行，不是形而上的思考。

例如這篇〈半耕半讀？〉，標題用問號。耕讀，令人羨慕的境界，孟東籬想像這樣的生活。在海邊蓋了茅屋之後，發現不對，土地靠海，貧瘠不利於農種，上山太遠，來往費時。或問，孟東籬時間不是很多？其實沒有，再怎樣省吃儉用，自力更生，還是要基本開銷。孟東籬靠翻譯賺錢，自稱「譯奴」，譯書百餘本，這事花掉他多數可用的時間。於是耕讀徒然是不切實際的夢想。只留下「一種書生理想的諷嘲」。

緣於耕讀失敗，孟東籬也檢討「運動」一事。他歸納耕讀夢想破碎的四點理由，包括體力不好，愛好安靜，加上要譯作，勞力工作讓自己焦躁，讓內心不平衡，這都不是他要的。但如此一來，運動量便不足了。

之前孟東籬住市區，看海，步行，來回一兩個鐘頭；現在，從住家看過去便是海，不用動了。不勞動，不運動，運動量大減。偶爾做伏地挺身，心裡卻想，有地不鋤，在家裡做什麼伏地挺身？可是鋤地有困難。這樣子矛盾不已。孟東籬的文章記錄很多這類矛盾。有時只是過程，有時是結論，而這就是作品好看的地方，接近朋友聊天的感覺，儘管只是讀者，卻好像和他促膝而談，聽他講一些有的沒的，以及，一些歪理。

是的，很多歪理，可能是成見、偏見，也可能是真理。

例如〈第二度的純樸〉一文，寫路遇十六、七歲青少年，「黑而鄙俗」。這是他在鄉下常見的典型，「鄙俗，一點文化的氣質都沒有，但絕對不是純樸。」孟東籬愈寫愈罵得凶：「他人性的成長被阻遏了，他的精神被閉塞了，而剩下的是蹂躪之後的殘渣。」「在我看，鄉下人在五、六歲以後就開始走向鄙俗，而城市人則走向巧詐。」像這類眼見某些人，未交談，未了解，便憑外觀，以二分法，遽下判斷，扣上「鄙俗」帽子。孟東籬強調精神文明，有時候卻一竿子打翻一船人。知識分子習氣未脫。

有一次，朋友林蒼鬱問孟東籬，喜歡海岸的素樸生活，尊重生命，但為何嫌棄左鄰右舍那些遠離故鄉、苦守海岸的退伍老兵慵懶、骯髒？孟東籬淚流滿面，沉默不語。

孟東籬真誠，但不是古今聖賢，只是自然生活者。這是他可愛之處。

孟東籬（1937-2009）

作家，本名孟祥森，因為嚮往陶淵明詩句「採菊東籬下，悠然見南山」，所以以「東籬」為筆名。書寫主題多從大自然與生態中，思考人類的生活情境，富有哲學意涵。譯作等身，翻譯許多外文作品，其中包括影響他移居花蓮的《湖濱散記》，他身體力行親近自然的生活方式，不媚俗，不惑於名利。情感生活或許引人爭議，但他始終忠於自己。

《濱海茅屋札記》

《孟祥森／孟東籬作品精選集》

想了解更多書籍資訊，請掃瞄 QRcode

橫空出世的黃凡與賴索

在戒嚴時期，報禁尚未解除，各報只許出刊三大張的時代，新聞大同小異，只能在副刊上爭奇鬥艷。那時候沒有網路，副刊很多人看，每年兩大報文學獎揭曉都是文壇大事，強度僅次於諾貝爾文學獎結果披露。每一年我都仰望得獎者的照片、簡歷，拜讀作品，其中我印象最深刻的，要算是「第二屆時報文學獎」短篇小說獎第一名，黃凡的〈賴索〉。

挾風帶雨的震撼來自三方面：

一・黃凡，從來沒聽過的名字，橫空出世，奪冠。

二・〈賴索〉，題材、技法，過去少見。

三・發表版面時，林崇漢風格強烈、視覺效果奪目的美術設計。

黃凡何許人也？得獎名單公布時，大概全世界，除了他自己，沒人知道是誰。在此之前，他名不見經傳，寫過兩三篇短篇小說，但遭退稿。心灰意冷之際，在心裡呼喊：「諸位先生，只要能讓我有一塊說話的地方，需要跪下吻什麼人的手，請吩咐一聲。」（《賴索》序文）

天助自助者，黃凡未被沮喪擊倒。一九七九年，他三十歲，以短篇小說參賽。作品依例名字彌封，新人不怕因為沒有名氣而被踢掉。〈賴索〉獲獎，黃凡受訪，一副憤世嫉俗的形象，引人注意。得獎後黃凡接連寫作。第二年，短篇小說集《賴索》出版，計收五篇作品，除了〈賴索〉，以及新作〈雨中之鷹〉、〈青州車站〉，之前遭退稿的〈最後的冬天〉、〈人人需要秦德夫〉也收進去了。此後黃凡繼續參賽，繼續得獎，出書，和張大春成為那時期最受矚目的年輕小說作家。

從無人聞問，到紅極一時，從得獎到出書，十年寒窗無人問，一舉成名天下知，這給當時有志於寫作的朋友正負兩面的啟示。正面是：只要肯努力，鐵杵磨成繡花針，勤寫勤於參加文學獎，一旦得獎，前程遠大，邀稿出書跟著來；負面意思是，清高耿介不參賽，或運氣不佳沒得獎者，想循一般投稿管道，刊載作品於文學副刊，門都沒有。

黃凡帶著〈賴索〉勇闖文壇的故事，我印象深刻，記憶分明，以至於不用查證就可確定，陳芳明《台灣新文學史》說，一九七九年，黃凡寫〈賴索〉，「這篇小說第二年獲得《中國時報》的推薦獎。」這段資料有誤。黃凡區區新人，只能投稿參賽，沒那分福氣獲得推薦獎。

不過初次讀到〈賴索〉，只感到政治之無情、小人物生命之卑微，不知道這篇作品另有特殊意義。林燿德認為〈賴索〉這篇經典，「正式開啟了八〇年代台灣政治小說史的序幕」。

是的，是〈賴索〉，而不是稍早張系國的《昨日之怒》與《黃河之水》，也不是更晚，李喬所指的，台灣政治小說正式登場的一九八三年。《昨日之怒》出版於一九七八年，比〈賴索〉早一年問世，小說以七〇年代發生在美國的保釣運動為背景。第二年出版的《黃河之水》，則以一九七三至一九七七年之間台灣的政界商場為背景。一九七七年，正是中壢事件發生的年份。《昨》、《黃》二書是政治小說，也比〈賴索〉早推出，但林燿德否定它們的指標意義，原因是「張系國在『文以載道』的創作觀念下忽略了藝術的經營，也因為他仍然警覺到政治環境的壓力，這兩部作品於焉呈現了欲言又止同時也缺乏含蓄之美的窘境」。

此外，此二作「所負載的保守主義價值觀與憂國傳統終究不脫七〇年代右翼文學的遺緒」。因此它們只是「八〇年代政治文學的前驅之作」。（林燿德，〈小說迷宮中的政治迴路〉，《敏感地帶——探索小說的意識真象》。）

林燿德以犀利言辭批判張系國，反過來證明〈賴索〉才是政治小說的分水嶺。

至於李喬的一九八三年，著重於以對抗國民黨政權為主要表現的作品。〈賴索〉顯然不是。

〈賴索〉寫於一九七九年。前一年底，「中」美建交，導致「中」美斷交；同年底，美麗島事件爆發。當時台灣還在戒嚴，八〇年代反對運動風起雲湧，政治小說應時而起，〈賴索〉還趕不上那個時期，能衝撞的題材有限。我們看到的賴索，是失敗者，他所崇拜、跟隨的韓志遠先生，則是變節的共產黨、台獨分子，被國民黨收編，成為宣傳樣版。而賴索從年輕時候起，被捕、出獄，從頭到尾就沒什麼革命理想與熱情。當他潛入電視台，在韓志遠先生面前自我介紹，只換來「我不認識你」的冷漠回應。黃凡筆下「內在力量消失殆盡的賴索」，際遇引人唏噓，完全不是政治小說裡受期待的「勇敢的台灣人」。

但也因為這份虛無、傾頹，〈賴索〉除了寫法新奇，內蘊更深沉的感情。多年後重讀，仍然低迴不已。

黃凡（1950-）

作家，自從三十歲以〈賴索〉奪得時報文學獎首獎後，八〇年代是創作高峰，產量驚人，只要翻閱任何一本八〇年代台灣小說選輯，必然有黃凡身影。涉獵各種主題書寫，涵蓋政治、都市、科幻等，或嘲諷或批判，更以實驗性的後設筆法創作多篇小說，其中最有名者為〈如何測量水溝的寬度〉，被評論家稱為「台灣後設小說之始」。創作生涯的豐盛卻無法遮掩讓他展露頭角的〈賴索〉，時隔數十年後再讀更顯其政治小說經典地位。

《賴索》

《慈悲的滋味》

想了解更多書籍資訊，請掃瞄 QRcode

憂鬱症，布滿寂寞感傷的悽美與壯麗——《晚安，憂鬱》

於是我又想起了H。愛漂亮的她，偏愛淺色系絲巾，經常纏繞在長長細細白白的頸子上，有時也繫住偏瘦的手腕，天熱時也是。

不是造型。她想遮蓋刀割的疤痕。

以後別再傷害自己了，這樣遮著熱著多難過啊。我用這個理由，想說服她。

「沒辦法。你不懂憂鬱症是怎麼一回事。」她回我。那時候真的不懂，直到事發之前幾個月，偶然讀到一本書，才知道憂鬱症是怎麼回事。不是原先想像的那樣，但那時我們已經失聯了。幾個月後，H選擇了與世界告別。消息傳來，我發愣好久。這幾年來我常想，如果我及早了解，是否在陪伴的那一段期間，可以表達有效的關心，訴說有用的話語。這本書便是許佑生現身說法寫下的《晚安，憂鬱》。

全書從沒有食欲、沒有生趣開始。許佑生描述槁木死灰的情況，栩栩如繪。憂鬱症發作時，腦裡烏雲罩頂，呼吸不暢，血液逆流，食欲全無，乏力無勁，胸口窒息，喉頭梗著毒藥一般的苦。彷彿身陷死蔭幽谷，灰暗暗沒有光亮。

若非親自與憂鬱症搏鬥，很難想像那是如何的症狀。一般直覺認為，憂鬱症不就是人很blue，想不開，往壞處想，人生不如意，心有千千結，結到深處則鬱，鬱久則成症，想開點便海闊天空了？因此身為病人的陪伴者，往往有心無力，所有勸慰鼓勵的話便顯得浮淺：往好的方向想就好，信個宗教就好，跑跑步就好，睡一覺就好。好好好，什麼都好，但就是不會好。事情若是那麼簡單，便天下太平了。

就更不用說自殺了。許佑生說，外界定義中的，自殺是逃避、懦弱、不負責任，但在憂鬱症者眼中，卻是解決問題，以為終於可好好睡一覺了。

也因為觀念的巨大落差，憂鬱症者若想不開，走了，網頁上常灌滿留言，朋友哀悼者固然有之，裝熟者有之，更多的是，端出生澀而自以為是的心靈雞湯指導者，諸如怎麼想不開呢？人生是美麗的，你走了父母怎麼辦……之類的。

明明腦子被裝了不定時炸彈，卻被誤為鬧情緒，不振作，真是世界上最遙遠的距離。許佑生形容，憂鬱症是「布滿寂寞感傷的悽美與壯麗」。悽美，因為它的症狀若不親身經歷，無法以言辭比擬，讓旁人知悉，因此帶著悲劇性的孤寂美感；壯麗，因為發作起來，兇猛暴烈，幾乎摧毀生機，那麼雄壯駭人。

書中有一段敘述讓我印象深刻。許佑生在電視上看到一對男女，以過來人身分，分享克服憂鬱症的祕訣：運動。游泳、慢跑，都好，動一動，就沒事了。許佑生聽得惱怒，因為若患者有意願與體能走出門外去運動，表示病情一定很輕。倘使身受其苦，必知萬念俱灰、動彈不得的苦楚。電視上那種說法，只會增添外人誤解，以為患者自甘沉淪，怪不得別人。許佑生費了不少筆墨，描述發病時，即使向外走出一步，也無比困難，這些外人無法理解，以致對患者缺乏同情的理解，指責多於同情，充滿鄙視而不耐。

葛瑞與許佑生人隔兩地，但葛瑞的貼心與用心，在書裡不時浮現。他總是想方設法，找藉口，誘拐許佑生出門走走。從起初懵懂不明，對許的異常舉動不耐的問：「你到底想怎樣？」到後來默默陪伴、主動幫助，像葛瑞這樣的家人朋友，是憂鬱症患者最需要的。如果對病情陌生，過度的關心、不適用的建議，只會增加病患壓力，甚至於強化彼此的摩擦。

許佑生不愧文學作家，文筆活潑生動。第一章提到，他在十四樓住家，姊姊和朋友正在廚房烹飪，他默默走到陽台邊，縱身一跳的念頭萌生，他想，若這麼跳下：「在我的想像中，當我的身體撞擊地面的一剎那，他們應該正在用鏟子翻攪鍋爐裡香噴噴的菜餚，鍋底也發出了清脆的鏗鏘，呼應……。」電影蒙太奇的手法，畫面感十足而震撼。

此外多所聯想，文學作品、舞台劇、電影，搬移穿插，卻不是旁徵博引的炫學，而是自然產生的聯想，其中許多妙想巧思，大可獨立成篇，變成ＸＸ隨筆之類的散文。

許佑生是不快樂的人，充滿不安全感與負面想法。例如與葛瑞相處一週，他在腦子裡倒數計時，預習即將來臨的離別，提早悼念就要消逝的美麗時光，於是恐懼憂愁籠罩心裡。他追想發病徵兆的蛛絲馬跡，失控的焦慮與極端的躁怒反應，原來是病魔作祟，卻因這種精神官能症鮮為人知而不自覺，未及早就醫。他也因疾病而尋找人生快樂不起來的原因，並且回頭檢視自己的成長與家人關係，發現心裡的內在小孩未隨身體發育而成長，他渴望被愛，討好別人，想當乖寶寶，反而令自己不快樂。有了這種體認，他重新看待自己，試圖調整自己與外界的關係。若說得病有什麼好處，這是唯一的了（但最好還是不要）。

許佑生身兼同性戀、憂鬱症者兩種被汙名化的身分，辛苦而勇敢的面對自我，寫下成長經驗，追溯發病緣由，敘述求診、就醫情況，記錄服用藥物種類效用與副作用，以及病患的行為模式等，全部用經驗談的形式敘述，不是寫論文，不是採訪報導。憂鬱症患者＋同志身分＋作家行業＝好看的書，卻也看得人怵目驚心，又一面發出「原來如此」之嘆。

幸好不是勵志文字，不是指導手冊，許佑生甚至於承認，此病頑強，難斷根，常會反覆發作。直到現在，透過他的臉書，三不五時聽到他突發自我了斷念頭，有時付諸行動，卻陰錯陽差留了下來。

於是我又想起了H。抒情文筆之下，記述的多為敏銳的心思，病中的身心靈僅淡淡帶過，朋友大概只能同情，難以幫助。走的那天，她依然繫絲巾在頸間，一如平日的扮相，只不過絲巾另一頭打了死結，纏在承托機器的鐵架上。不再痛苦，不再受傷，換來這一生最漫長的睡眠。

許佑生（1961-）

作家，以同志書寫、憂鬱症和性學為創作主題。一九九四年與之後結婚的葛瑞相識，兩年後舉辦同志婚禮，打開當時依然被視為禁忌的同志戀情之門，引發各界注目。二〇〇〇年，隱藏多年的憂鬱症爆發，葛瑞一路陪伴扶持，儘管病情時有起伏，但仍然於病中完成《晚安，憂鬱》，現身說法憂鬱症者不為人知的幽微心情與實際經驗。多年來始終與憂鬱症抗戰，最近幾年推廣性學，希望促進台灣對性的健康認識。

《晚安，憂鬱》

《聽天使唱歌》

想了解更多書籍資訊，請掃瞄 QRcode

烽火中象形虛實顯現——《單車失竊記》某個片斷

戰火自天外燃燒，延燒到台灣島嶼。美國軍機開始轟炸台灣，圓山動物園不得不撲殺大型動物與猛獸，以免柵欄被炸壞，猛獸脫逃，傷害人類。這是日本當局的決議，適用於內地與殖民地、占領區。一九四三年八月十七日，東京上野動物園開殺，以使用硝酸番木鱉鹼下毒等方式，一個月餘，處死了十四種二十七隻。九月，日本占領的北京動物園跟進。同年十二月二十七日，圓山動物園開始執行處決令。先是黑熊、棕熊，次及獅、虎、豹。分批分次，或電擊，或槍殺。早先採用電擊。工作人員在柵欄內鋪設通電的鐵板，鐵板上以動物愛吃的肉類為誘餌。飢腸轆轆的動物一踏上鐵板，電流立刻竄流全身。獅子及老虎都這樣死去，但熊並未立即倒地，還站起來兩、三次，據猜測是因為長毛覆蓋腳底，影響通電效果。

此外，又有一說，在動物踏上鐵板後，執行者並用通電的長槍刺向猛獸的臉部，牠們依本能咬住長槍，隨即被高壓電流電死。這些處理過程，並未留下文字紀錄，全靠時人日後回憶，因此細節或有失誤，但大致如此。

有清楚紀錄的是一九四五年三月三日槍斃了兩頭獅子。為了防止動物脫逃傷人，動物園配有一把自動五連發槍、三把手槍、子彈數十發。圓山動物園「槍枝許可證」的用槍紀錄裡，便記載了以手槍擊發六顆子彈殺死二獅之事。

處決後的動物，或製作成標本，或骨骼、內臟提供給台北帝大研究，或煮食下肚。據說，老虎肉硬，熊肉臭，不好吃，唯獅子的肉較為柔軟可食。

第一波撲殺令，很有人氣的紅毛猩猩「一郎君」、母象「瑪小姐」，不在死亡名單當中。一郎君是日本唯一的紅毛猩猩，價值非凡，因此設兩層柵欄和石造防彈牆壁保護。瑪小姐個性溫馴，腳上鎖鍊，也以石造防彈牆壁防護。不過這些只是暫時措施，紅毛猩猩一郎君終究難逃一死，在一九四四年到一九四五年間被處死，做成標本。

瑪小姐命運就奇了。牠後來在處決名單裡，且象肉分到一些人嘴裡，據說肉質硬，不好吃。然而，戰後一隻象仍出現在圓山動物園裡。一九四六年二月二日，因戰事而關閉的圓山動物園重新開館，園方添購少許動物，鳥類、猿猴、駱駝、白鼻心、鹿、羊等溫和動物，勉強撐個場面。然而戰爭末期，動物園的大型動物和猛獸都被處決了，只留下象、獅各一隻。

這隻象哪裡來的？只可能是瑪小姐。瑪小姐是當時圓山動物園唯一的象，戰爭末期撲殺動物都來不及了，更不可能添購第二隻象，所以烽火餘生，出現在圓山動物園的象，就是瑪小姐無誤。瑪小姐是臺灣人第一次親眼看到的大象。這隻產自緬甸的亞洲象，一九二六年八月二十六日，經日本動物商轉介，來到臺灣，當時只有六歲，因為受過訓練，成為人氣動物。有名的童謠「大象、大象，你的鼻子怎麼那麼長？媽媽說，鼻子長才是漂亮」。據推論，這隻象，可能是瑪小姐。

歌謠創作於一九四七年。作者石田道雄九歲隨父母來台，住了二十四年，一九四六年返回日本。他曾帶兒子去東京上野動物園，但上野動物園在二戰時處死大象，園內無象，石田道雄看不到象，腦子裡存留的象影，長長的鼻子，可能就是瑪小姐。

話說回來。戰爭後期，圓山動物園已看不到大型動物，慰靈祭時向來代表行禮的象，也以猴子取代，又有人吃過死去的象肉，表示瑪小姐已不在園區了。那麼為何牠戰後出現在柵欄裡？為何瑪小姐戰後仍然活著？

猜猜猜，有人猜，瑪小姐不是被園方藏起來，就是被徵召打仗去了。

行蹤成謎。瑪小姐，從疑似被處死到死後復活，中間一片空白。吳明益便以生花妙筆，把這段空白補綴起來。《單車失竊記》敘述，管理員勝沼先生與同事以及動物園獸醫，不忍殺害大象，心生一計：一九二三年，日本裕仁皇太子來台北，到台灣神社（現址為圓山大飯店）祭拜，為了安全，官署在圓山越過河流到台灣神社的地下，建造地下工程，後來這些地下空間，或成為儲物場所，或廢棄不用。離圓山動物園不遠處有個地下通道，他們就把瑪小姐藏在那裡，留兩人在地道裡照顧，其他參與者每天以手推車運送蒐集到的狼尾草、牧草、地瓜，送到那個祕密基地餵象。另外，他們用死去的馬與野牛肉混充為象肉，分給政軍人士吃，企圖魚目混珠，讓日本人以為瑪小姐處決令已經執行完成。

一九四五年五月三十一日，美軍轟炸台北，瑪小姐所在的地道，入口被空襲炸碎的石頭、泥土封住了。他們拚命挖掘，幾天後正打算放棄，地道內有一股強勁的力道推開石堆，幾個小時後削瘦的瑪小姐突破而出，而陪同在地道的人員則不知所蹤。

這段浪漫傳奇，引人入勝。但整部小說虛實難分，這段情節應屬虛構。

印度象，雖然不比身高三至四公尺的非洲象高大，但像瑪小姐這種成象也有二・五到三公尺。而地道，即使在多年以後，圓山飯店下方為蔣介石建構的兩條密道，也不過二．一公尺高，若為皇太子短暫訪台而建，不太需要這麼高大的地道，大象根本塞不進去。

但作者不必管這段情節編排合不合理，因為瑪小姐的躲藏經過，出自勝沼先生女兒以書信交代。故事的細節，包括地道位置等的描述，是她聽來的，或有誤差，係屬自然。這是作者聰明的設計。

感謝吳明益在大象浩劫餘生的事實之下，編造了這麼美麗的情節。《單車失竊記》不是戰爭或反戰小說，但戰火穿梭整部作品。戰爭帶來死亡、毀滅與衰敗，使既有的事物或事務消失，令人傷懷，但有什麼比以為消逝但實際上仍然存在更讓人安慰呢？小說裡，腳踏車遺失多年，找回來了；被處決的大象，死裡逃生回來了。（不死的喜悅，甚至於包括敘述者，小程，小時候被哥哥騙以打中七傷拳活不過七天，結果活得好好的。）死而復生，失而復得，讀者在戰爭帶來的沉重閱讀氣氛中，有一線生機的輕快感。

小說最有趣的部分，是事物復出、重現之後，敘述者追索、回溯、拼湊中間過程。這一循線追查，就是一串說不完的故事。吳明益結合學者與作家身分，集合想像與知識於一，穿梭現在與過去，建構歷史現場，把每個物件、事件，拆解還原，組合出迷人無比的故事。

吳明益（1971-）

作家，關心生活中與人和動植物息息相關的一切。大學時迷上蝴蝶而開始野地觀察，從此踏入生態議題場域，早期創作多以蝴蝶和生態為主題，近年來結合台灣歷史與生態變遷，將繁複的知識與魔幻想像結合，創造出獨特的文學世界。對他來說，寫作是認識自己與世界的方法，寫作者該到筆下書寫的當地去，因此寫作也是一種獨特的「步行測量法」。

《單車失竊記》

《蝶道》

想了解更多書籍資訊，請掃瞄 QRcode

沿海岸線徵友集詩，到了一種絕境

鯨向海的青春期好像特別長。或說，詩人的青春期比較長，像好奇寶寶一樣，張大眼睛，看傻了的，是蟲子爬過葉面，是屋簷下雨滴垂涎三尺，是每一次月圓花開，每一串煙，一條水溝。這是赤子之心，不是長不大，無關於王浩威所講的「晚熟世代」。鯨向海的行為舉止早已成熟，個性甚至於有點拘謹，但心裡有個內在小孩，長駐在詩作裡。這小孩還算乖，叛逆性不強，只是沒有跟著世俗化，許多用語、嗜好仍停格在青少年時期，心思純純，沒有太多大人的算計。

鯨向海的詩，不避俗事俗語，常能點鐵成金，表現出清明而帶點頑皮的趣味。他是詩創作者，同時是詩的嗜讀者。對詩壇生態稍有了解者當知，很多詩人不太讀詩，尤其不讀同期詩人的作品。鯨向海品詩，抱持加分主義，只要有一點好，他就欣賞這一個好點，樂於和別人分享他所讀到的喜悅，簡直就是散播歡笑散播愛的天使。詩壇極少有詩人像他這樣喜歡閱讀同輩詩人的作品。

以上所舉諸多特質，同樣可見於散文創作。

鯨向海第一本散文集《沿海岸線徵友》，有篇〈到了一種絕境〉，把他的「拜詩生活」描繪得徹徹底底，痛快無比。題目指的不是詩藝的絕頂境界，重點在最後一句：「我們實在是不要臉到了一種絕境。」一文中敘述他和一位詩寫得很好的朋友，兩人信件往來，互相吹捧，互灌迷湯，目的不是彼此鼓勵，而是「希望對方可以就此自滿，不要再繼續強大下去了」。看似對詩友吐槽，卻也意味著寫詩／讀詩的寂寞無法抵擋，只能互相取暖，相濡以口水。偏偏鯨向海讀詩到了一種絕境，這篇文章所例舉的詩友是一位任性愛挑剔的讀詩者——「跟他相較起來，我簡直就是個溫柔善良的雜食主義者了……許多的詩我總是自以為可以讀出他們的好處來，我喜歡像是X光一般，穿透一首詩各個文字之間的四肢百骸，然後我就是可以輕易找到我喜歡的脂肪或血流。」這段文字，結合醫師、詩人的專業，精闢而精采。

這本生活散文，輯二全是詩話，包括「宣言」之類的文字（例如〈詩黨人聚眾滋事祕密檔案〉）。對鯨向海來講，詩就是生活，生活就是詩，二者合體，不容切割。輯中好幾篇描述詩的生活，談寫詩的、讀詩的、推詩的、頌詩的一群人，江湖相望，光亮互放，因為不好意思宣稱自己是詩人，這個詩黨，和有殺頭之虞的革命黨人般祕密結社。鯨向海剖析詩人的心理，幽微而幽默。

身為詩的優秀作者兼重度讀者，鯨向海三句話不離本行，《沿海岸線徵友》不少文章，主題與詩無關，仍不時可見詩的影子，有時拈來例句，有時帶到創作心境。在以情愛為主題的某一輯中，有一篇〈如何引誘戀人讀詩〉，寫如何誘惑戀人讀詩，步步為營，用心費勁，過程緊張不輸色誘。鯨氏語言充沛飽滿，把詩的迷人以及知音幾希的悵然，發抒得淋漓盡致。

鯨向海是新生代頂級詩人，散文風格承接詩意，但比較起來，還是詩的表現較好。詩這種文體，能把鯨氏語法特性，留白與延展等技法，發揮得更加充分。

鯨向海（1976-）

詩人，精神科醫生。學生時期（九〇年代）便開始在BBS上發表詩作與對詩的理念。以生活入詩，詩作俏皮，賦予日常的意象新鮮的面貌。他自云迷戀口語，「想把屬於這個時代的口語寫到詩裡去，或許將來可以藉此讓人還原這個時代的一些精華感。」不知是否職業的關係，他的詩像告白與告解，但當堂而皇之公開種種不可告人的情色與猥褻之後，卻也讓讀的人當下獲得療癒。詩人鴻鴻因此說他的詩「醫病同源」。

《沿海岸線徵友》

《A夢》

想了解更多書籍資訊，請掃瞄 QRcode

三國演義
水滸傳
經典
12
學中文系主任季旭昇教授・總策劃

Chapter 3

歷史小說教我的事

歷史和小說的關係要像好吃的飯粒，有點黏又不會太黏。不同於一般虛構的小說，歷史小說有所本又不能完全本，故事情節背景設定必須貼近歷史卻不能貼得太緊，否則淪於史書白話翻譯；也不能太開，不然天馬行空，變成奇幻小說。

歷史與小說交會的光亮

「歷史除了人名，其餘都是假的；小說除了人名，其餘都是真的。」從廣為流傳的這句話，可見讀者對歷史書寫的不信任。許多人認為史書所載，看似真實，實則作假成分很多，反而小說因為捕捉現實，反映人生，更接近真相。

以中國古史為例，現在我們讀到的史書，多為後代史官為前朝人事蓋棺論定。下筆之際不可能SNG連線，也難以訪談當事人或相關人士。較能反映當時朝政現況的實錄、起居注，從唐太宗要求閱覽，黑手伸進歷史撰述開始，到宋太宗像老師批閱週記一樣迫令史官呈閱所記，中國歷史便更加不堪聞問了。

扭曲、虛構、想像、錯誤的史事，或有意或無意，經由史官筆下製造出來。我們怎能天真的以二分法斷言，史書所寫具為真事，未寫或與之矛盾的，便是錯誤的、假造的？更何況史官常化身為小說家，模擬場景，虛構對話，以增加文學價值。

即如廿四史之首的《史記》，史學價值固不待言，內容卻頗有虛構成分，或採信遠古的神話傳說，或是在帝王本紀中引述神蹟異象，以凸顯天命所歸。有時太史公直接化身為小說家，加油添醋，做起文學創作來。而往往愈是虛擬出來的情節，愈是膾炙人口，讓人擊節稱賞。例如戲劇《霸王別姬》所本的〈項羽本紀〉，寫垓下之圍，項羽對著虞美人慷慨高歌，全段寫得蕩氣迴腸，感人肺腑。然而清人周亮工問得好：「既有作，亦誰聞之，而誰記之歟？」項羽唱詞打哪來的？

又如此例，也見諸其他史書：身分不可考的刺客，改變主意，旋即脫離現場，過程中心思千迴百轉，試問史官從何知道？因此諸葛亮震爍古今的〈隆中對〉，後人也懷疑，現場無第三者，無人記錄，而今人所熟知的對話，何嘗不是陳壽自行補綴出來的？

好吧，歷史作者以曲筆與創作之才侵入小說的領域，小說家也不客氣，向史書空白或失真之處反撲。歷史功力深厚，下筆有據的作家，藉由歷史小說，把讀史書時「多聞闕疑」的地方，填補、翻案或重新詮釋。這是歷史小說作家最過癮的挑戰，也是深諳門道的讀者至高的閱讀享受。

歷史和小說的關係要像好吃的飯粒，有點黏又不會太黏。不同於一般虛構的小說，歷史小說有所本又不能完全本，故事情節背景設定必須貼近歷史卻不能貼得太緊，否則淪於史書白話翻譯；也不能太開，不然天馬行空，變成奇幻小說。這是歷史小說首先不好處理的地方。歷史小說作家必須比學者懂更多歷史，下筆要有臨場感，臨場感來自於生活細節，從庶民到朝官，作息、禮儀、言行，怎麼吃喝？怎麼講話？怎麼坐？怎麼搭車？要像導演，畫面要出來，不因不用呈現影像畫面而偷懶。似懂非懂，一味閃避，寫來必然虛軟。

張大春以「從武俠小說談小說的書寫」為題的演講裡，提到司馬遼太郎寫中國歷史小說，「劉備、關羽站在曠野裡面，兩個人在對談。他們為什麼要在曠野裡面對談？好，曹操跟諸葛亮要在曠野裡面，為什麼？因為司馬遼太郎不知道中國有些什麼細節，這是最麻煩的。比如說，曹操要坐下來講話，桌子要有多高？因為當時沒有椅子。那他底下的席要多寬？他不知道，那他怎麼辦呢？都在曠野裡面好辦事。」

張大春可能冤枉人了，司馬遼太郎並未有三國背景的作品，嫌疑犯應該是以《三國志》名震文壇的吉川英治。吉川英治的才華從《宮本武藏》、《三國志》等著作火紅的程度看得出來。生平經歷有點模糊的宮本武藏，他的劍豪形象經吉川英治之筆奠定；而日本人所熟悉的三國人與三國事，並非來自陳壽正史，也不是羅貫中的演義小說，而是吉川英治的大作。

不過，吉川英治的《三國志》充滿東洋味，且歷史知識恐怕也有問題。他顯然弄不明白中國古人對「名」與「字」的稱謂規矩，不知道何種情況下應該尊稱字號，或可以直呼其名，以致翻開他的小說，董卓見到曹操竟喊了一聲「曹操」，關羽在桃園結義時在張飛面前稱呼「張飛」。

至於被張大春錯殺的司馬遼太郎，恰恰是以塑造歷史臨場感而知名的。司馬遼太郎下筆前，除了大量閱讀文獻史料，還要現場探勘，盡其所能貼近當時的氣氛。他說：「我在寫作時，如果看不到那個人的臉，看不到那個人站的地方，我就寫不下去。譬如我寫豐臣秀吉時，寫到一個使者來到他面前，雖然我在小說中沒寫出來，可是我會想像豐臣秀吉前面站著多少人？天氣是陰是晴？附近是否有松林？這松林是蒼翠欲滴的幼松，還是蒼勁挺拔的老松？」

儘管如此，司馬遼太郎寫《項羽與劉邦》，卻不見他寫作日本戰國史時精彩的細部描繪。畢竟是外國的時空，隔國如隔山。可見歷史小說寫作之難，決非貶之為通俗小說者可以想像。

歷史小說寫作，易寫難攻。易寫，因為已有故事大綱，不必無中生有編劇；難攻，因為已有史實框架，想像力受限，無法發揮盡透。寫作者更要具備歷史知識背景，不容像處理事件、人物時帶點虛構。譬如皇帝諡號死後才有，不能出現在他生前的人物對話裡，（曹操說：「獻帝……」這句話是不可能出現的。）秦始皇坐在椅子上打盹的畫面，也不許存在，當時並無椅子。所以歷史小說家往往要比史學家更像史學家。高陽就是其中典範，他將史學知識活用於創作，寫活了慈禧及胡雪巖。據說高陽創作歷史小說時，會用尺量地圖，計算書中人物的行程，以及行事前後所需時間。

《三國演義》日文譯者說過一則笑話，他翻譯完成之後，收到讀者來信，指責他不忠於原著，原來該名讀者以為吉川英治的小說才是三國原典，與其面貌大不相同的本尊便被貶為分身。歷史小說穿透力之深，傳播力之大，由此可見。當今台灣人對霧社事件的粗淺認識，主要不是因為教科書，不是台灣史概論這類學術書，而是魏德聖的電影；魏德聖被賽德克族抗暴事蹟所感動，不是從閱讀歷史課本或台灣史著作得來的，而是邱若龍的漫畫。要台灣人認識古早的台灣，不妨從創作出更多情節精彩、戲劇張力足的台灣歷史小說開始。

歷史小說教我的事

歷史小說，我不見得那麼愛讀，常翻閱，多少帶點功利取向，希望透過小說，增進對歷史本身的理解。此舉正說明了歷史小說的威力、魔力與魅力。

從讀者角度出發，歷史小說教我的事，主要是：關注或引發興趣於某段某部分的歷史、補綴史書空白、解開史實不解之處，以及增加歷史知識。

一段歷史人事，眾人耳熟能詳，很少是因為載於史書，而多半是拜歷史小說所賜。（到了近代，可能影視的成分更高）早期的例子，譬如《三國演義》，中國文學史最早的長篇歷史小說。我們對三國的興趣，在電影、電視劇、電玩、漫畫接觸到的三國，都源自《三國演義》，而不是《三國志》。空城計、關公過五關斬六將、桃園三結義、周瑜打黃蓋、孔明借東風等膾炙人口的戲碼，《三國志》都沒有，久而久之，故事取代了史事，讓讀者虛實不分。然而很難想像少了這些虛構的劇情，三國戲還能不能受到那麼大的歡迎？幸虧《三國演義》，讓三國時代立體化、通俗化。

這就是歷史小說最大的價值。它讓一段在史書裡因為紀傳體例而使故事敘述支離破碎，甚至分散在各傳記裡前後矛盾的眾多情節，獲得統一，貫穿，交織成有機體，進而成為讀者喜歡的歷史。

《三國演義》捧紅了趙子龍。此君身騎白馬，瀟灑勇健，形象迷人，不下於諸葛孔明。他名列蜀漢五虎將之一，在《三國志》裡，趙雲卻顯得平板。是歷史小說，使得常山趙子龍成為三國萬人迷。

歷史小說捧紅歷史人物，另有一例。《產經新聞》民調，日本人心目中最理想的領導人，第一名就是坂本龍馬，贏過二、三名的織田信長與德川家康。

但坂本龍馬並不是一開始就那麼紅，是司馬遼太郎的大河小說《龍馬行》，如椽大筆，讓坂本龍馬活脫脫從歷史中走出來，走進日本國民的記憶裡，在日本人戰敗的心靈廢墟中，燃起星星火花。

是坂本龍馬，引起我對明治維新的興趣，帶來閱讀這段史事的動力。就像劉和平寫《北平無戰事》，涉及的國共內戰，是我向來最不想碰的中國近代史，閱讀小說之後，也開始作了一些功課，想了解到底怎麼回事。

有時候，讀了某個地方、某個時代的史書，而想找歷史小說來強化印象；有時候，反過來，讀了歷史小說，而想研讀史書，還原真相。兩者相互為用，或者說，互相利用。

前一陣子讀了陳耀昌的《福爾摩沙三族記》，這位老醫師真厲害，把荷蘭治台時期的生活面貌寫得栩栩如繪。之前讀這部分的台灣史，大多著重於政權輪替與政經、軍事，對於各族群，原住民、漢人、荷蘭人的生活型態，以及彼此互動，描述不夠，甚至顯得空白。讀了這書，一個動感的形貌在腦子裡跳了出來。這是閱讀歷史小說帶來的好處。

另一個歷史小說功用，對我而言，是藉此解開不解之處。以前讀《史記》，荊軻刺秦王，魯鈍不解，為何荊軻行刺失敗後，對秦王說：「我之所以失敗，是因為要生擒你，強迫你立契約，歸還所兼併的土地。」我只覺得，荊軻在講酸話，明明武藝不行，殺不了秦王，淨講些自欺欺人的大話。

但查閱史書，行刺方式的相關記載，多處矛盾。最早燕太子丹拜訪荊軻時，表達的上上之策是：派勇士前往秦國，脅迫秦王，迫使他將吞併的土地歸還各國，就像當年曹沫脅迫齊桓公歸還魯國的領土。若此計不行，則刺殺秦王。秦國大將擁兵在外，國內發生動亂，君臣之間必然相互猜疑，屆時各國聯合抗秦，就可擊敗秦國。

但是後來荊軻會見樊於期，要借他那顆人頭，作為晉見秦王的獻禮時，說明他的計畫是：獻樊於期頭顱給秦王之際，左手拉住他的袖子，右手持匕首刺他的胸膛。而這把匕首，是特製的武器，早經工匠燒紅，浸入毒藥，刺到人體，必死無疑。再者，從荊軻刺殺秦王的連續動作看來，是要置秦王於死地的，那麼死前講的一番話，不過是自找臺階下吧？

但真的是否這樣，仍然不太明白。直到有一天，讀高陽小說《荊軻》，敘述到這一部分時，小說家借用事發後一群反秦人士祕密聚會時的張良之口，提出另一種解釋：「張良點點頭，喝了口酒又說：『荊卿死前那幾句話，是一種召喚，告訴後人，莫因他的失敗而卻步；只為了叫此獨夫亡頭，其事不難。』」

也就是說，張良認為，荊軻所以會說出那樣的話，別有深意，是要後人不要因他的失敗而懼怕，因為他失敗不代表行刺困難，而是他不以刺殺為首選，為了活捉秦王，以致失手。後人如果一意謀刺，不難達到目標。這是高陽的詮釋，他以小說的型態表達，不必考證，不必背書，給讀者自己研判、想像。這是歷史小說方便的地方。

說到高陽，《荊軻》不是他有名的作品，卻是我最早讀完的高陽小說，只因它比較單薄，在讀《胡雪巖》空檔，插花讀荊軻。為什麼不專心讀《胡雪巖》三部曲？說實在的，我對清史興趣缺缺，加上牽涉到經濟材料，且寫作稍嫌囉嗦，讀來吃力無味，只好跳脫讀點其他作品看看。

《胡雪巖》最後看完了，焦點卻擺在和故事主軸無關之處。例如，小說提到鹿茸的採集，我讀得興趣盎然。馬英九如果讀過《胡雪巖》，就不會鬧出「鹿耳朵裡的毛」這類笑話了。你看這段描述：張醫生打開方盒子，方盒子裡是鹿茸。「上面長著細細的白毛，看不出是好是壞。」張醫生隨後介紹給胡雪巖聽：「鹿茸就是鹿角，是大家都曉得的，不過鹿角並不就是鹿茸。老角無用，裡面都是筋絡；要剛長出來的新角，長滿了精血，像這樣子的才合適。」

張醫生說，取鹿茸有訣竅，手段不高，一刀會把鹿頭砍掉。要這麼幹：「春夏之交，萬物茂盛；驅鹿於空圍場中，不斷追趕；鹿膽最小，自是盡力奔避，因而血氣上騰，貫注於新生的鹿角中。然後開放柵門，……一端有人手持利斧，聚精會神地在等待，等這頭鹿將出曲欄時，看準了一斧下去，正好砍斷了新生的那一段鹿角。要這樣採取的鹿茸，才是上品。」

是了。我專留意這類描寫，長了知識。又好比砍頭，老在電影裡看劊子手手一揚，一刀下去，人犯身首異處。讀《北京法源寺》，另一本囉哩囉嗦的長篇小說，才知道不是這麼一回事。

李敖寫得何其仔細：「（劊子手）砍頭時，反握刀柄，刀背跟小臂平行，把刀口對準死刑犯頸脊骨軟門地方，以腕肘力量把刀向前一推，就把頭砍下。這種功夫不是無師自通的，也靠祖傳或師傅傳授，做徒弟的，總是先從天一亮就推豆腐──反握鬼頭刀的刀柄，以腕肘力量，把豆腐推成一塊塊的薄片；熟練以後，再在豆腐上畫上黑線，一條條照線往前推；熟練以後，再在豆腐上放銅錢，最後要練到快速一刀刀朝黑線切，但銅錢卻紋風不動，才算功夫。這種推豆腐，推得出師以後，還要練習摸猴脖子，摸出猴子第一節和第二節頸椎所在，從而推廣到人體結構。」

我愛挑細節看。歷史小說難寫，一半原因在細節。光有故事，沒細節，氣很虛。

類型小說裡，歷史小說最難寫。要有知識力，還要有想像力、組織力、判斷力，少了一環，讀起來就不對勁。不是太像歷史而不像小說，就是小說趣味有了，歷史風味不夠。就更別說好的歷史小說還要寫出作者的懷抱、企圖與精神。

從歷史小說到講史，從韋小寶到當年明月

歷史小說未必人人讀過，但在小說裡讀到歷史，則是常有的事。雖然內容包含歷史的小說，不一定是歷史小說，然而這類型的小說，提到史事，讀起來幾可亂真，增添無比閱讀樂趣。《鹿鼎記》堪為代表。

《鹿鼎記》寫到的擒鼇拜、除三藩、定臺灣等，真有其事；鄭克塽、吳三桂等，真有其人。最精彩的是，清俄簽訂《尼布楚條約》時，金庸正經八百敘述韋小寶參與的簽約經過，最後煞有其事，以括弧附註——「（按：條約上韋小寶之簽字怪不可辨，後世史家只識得索額圖和費要多羅，而考古學家如郭沫若之流僅識甲骨文字，不識尼布楚條約上所簽之『小』字，致令韋小寶大名湮沒。後世史籍皆稱簽《尼布楚條約》者為索額圖及費要多羅。古往今來，知世上曾有韋小寶其人者，惟《鹿鼎記》之讀者而已。本書記敘《尼布楚條約》之簽訂及內容，除涉及韋小寶者係補充史書之遺漏之外，其餘皆根據歷史記載。）」

頑皮的金大俠這句「其餘皆根據歷史記載」騙倒了一些讀者，網路有人認真討論韋小寶

可是真有此人。

歷史元素加入非歷史小說的作品裡，都能增加不少趣味，但也需要相當功力。約瑟芬．鐵伊《時間的女兒》就是厲害無比的推理小說。小說敘述葛蘭特探長因腿傷住院，躺在床上，無所事事，看了一張理查三世的畫像，怎麼看都覺得，這個在歷史裡被認定為謀殺篡位的人，不像殺人兇手。葛蘭特探長決定找出真相。他展開紙上辦案，偵辦十五世紀的案件。整部小說就像歷史論述一樣，大膽假設，小心求證。

這個世界居然有這種推理小說，而且還頗好看的，出版後頗受好評。台灣之前的譯本，譯筆不甚理想，後來新版問世，由英日兼通的丁世佳重新翻譯。

理查三世因莎士比亞作品而遺臭萬年，但除非對英國史特別感興趣，不然不太有機會接觸到其人其事，是這部推理小說，讓讀者願意查索相關資料，略知一二。歷史、小說，相得益彰。

不過《時間的女兒》不是歷史小說。歷史小說是以真實歷史人物、事件、時代為主要題材的擬實小說。以歷史元素創作的武俠、推理小說，不以真實歷史人事為主要架構，就不是歷史小說。同樣的，有歷史背景的穿越、奇幻小說，也不是歷史小說。就像提到歷史劇，古裝戲並不等同於歷史劇，更不是用上古人姓名的連續劇就是歷史劇。（我想到的是《終極三國》，這部青春偶像連續劇，以「銀時空」的三國時代為藍圖，是校園版的《三國演義》，在電視上看到劉備、關羽、張飛在學校裡，簡直是惡夢。）

最近常對著《明朝那些事兒》痴痴相望。作者「當年明月」的說史功力不凡，當年風靡無數讀者。這是歷史小說嗎？不是，這是有憑有據的講史類著作，只不過寫作生動，吸引了很多人，有時被誤為歷史小說。然而以歷史小說稱之，不是認識不清，就是酸醋心理。

為什麼我望著這書發呆？我多次模擬，如何把這套寫法，複製到台灣史裡？講史不是小說創作，但為求活潑，不免加點史書沒直接寫出來的事物，一些對話，一些心理流動，於是感覺又像小說，兩者分寸不好拿捏。

為什麼要想到台灣史？因為台灣史書實在太難看了。標明「少年」「兒童」的台灣史，也嫌生硬，學者包袱太重了，放下不易。

歷史小說不小心就穿幫

小說寫作，最需學問的就是歷史小說。歷史小說容許虛構，然而，小處可虛，大處卻不得不實，至少基本盤得鞏固好，不能出錯，不然便被看破手腳，評價即差了。

歷史小說寫作要具備基本文史知識。什麼基本知識？比如說人名。一個人如果不同階段有不同名字，作者在敘述的時候怎麼叫，都可以，唯對話時，不可混淆。比如一個人，本來名叫王阿醜，三十歲發達後改名王城武，小說可以這麼寫：「王城武小時候很調皮」，但不能出現這樣的句子：「王城武小時候很調皮，他媽媽常罵他：『城武，你太調皮了』。」因為，小時候，他叫阿醜，媽媽不可能喚他「城武」。

此好比鄭成功，爸爸、媽媽怎麼樣都不會叫他「功兒」。鄭成功本名鄭森，幼名福松，「成功」的名字是明朝皇帝（南明隆武皇帝）所賜，而且賜姓「朱」，和皇帝同姓，所以他被稱為「國姓爺」。

這裡引發一個問題。後世稱「鄭成功」，是錯誤的，「朱成功」才對。我們寫小說，不能寫鄭成功說：「我鄭成功」，要嘛也是「我朱成功」。然而鄭成功生前，為表謙遜，不用朱姓，只自稱「國姓」，時人也以「國姓成功」稱呼他。

再如皇帝。當代人如何稱呼當代皇帝？稱皇上、聖上，沒問題，但我們現在熟知的皇帝名號，如唐太宗、漢武帝、齊桓公等，不是諡號，就是廟號（年號、尊號例外，詳後），是帝王死後才冠上去的名號，皇帝生前不知他叫這個名，百姓與王公大臣也不知道，所以不可能在皇帝活著時這麼叫，皇帝也不會自稱什麼帝。鄭問《刺客列傳》，曹沫挾持齊桓公（姜小白）一節，魯莊公對齊侯說：「多謝桓公」，曹沫步下盟壇時說：「多謝桓公……」，錯了。桓公是諡號，曹沫挾持齊桓公時，沒人知道齊王姜小白是歷史上知名的齊桓公。

又如日本漫畫《諸葛孔明時之地平線》更離譜，漫畫裡一群人議論紛紛，對話中提到皇帝，稱呼他「獻帝」。當時皇帝是漢獻帝沒錯，但那是諡號，死後才有，不能出現在他生前的人物對話裡。（例如曹操說：「獻帝……」這句話是不可能出現的。）

我們現在熟知的皇帝名號，不是他們的諡號、廟號，就是年號。年號的事詳後，先說諡號、廟號。這兩項都是皇帝死後才定名的。周朝以後、唐朝以前的皇帝，我們習慣稱呼他們的諡號，例如周武王、齊桓公、漢武帝。

諡號是在帝王死後，官方依其生前的功過善惡、政績表現，照一定程序，以諡法，給予諡號，以示評定。諡號有好有壞，好一點的像「文」「武」、「康」、「平」，不好的如「煬」「厲」，也有的可憐兮兮，帶有同情，如：「哀」、「湣」。

可這樣不是很奇怪嗎？好像子孫在給上一代打分數（子議父、臣議君），所以秦始皇登基就把周朝開始的諡法制度給廢了，他是始皇帝，後世依數字累積，如二世、三世。到了漢朝才恢復。

起初，諡一般為單字，也有兩三字的。但唐朝以後，諡號字數愈來愈多，有多達二十多字的，這樣後人怎麼稱呼啊？幸好唐以後幾乎歷任君王都有廟號，簡短如之前的諡號，於是從唐朝開始的皇帝，我們就叫他們的廟號，如唐太宗、宋太祖、宋神宗等。

所謂「廟號」，是某君王死後，供奉在太廟而追尊的名號。商朝就有廟號了，周朝確立諡號制度，不用廟號，漢朝恢復。最初廟號審理從嚴，漢朝皇帝都有諡號，但有廟號者極少。到了唐朝，一般都有廟號。

謚號多用「王」、「帝」字，廟號常用「祖」字或「宗」字。不管如何，兩者多由後一代皇帝所追加，偶有隔代或之後數代追贈的。所以前面說，當代人不可能喊在位的皇帝為什麼帝什麼宗，就是這個道理。

明清時期，事情就沒那麼複雜了，今人對明清皇帝稱呼的名號，大部分是他們的年號，如萬曆、康熙、雍正、光緒。

公元前一四一年，漢武帝開始用年號。他老兄在位四十四年，就用了十一個年號。此後歷代君主都用各自的年號，年號換來換去，好多個。翻開《資治通鑑》，各帝各號且很多號，年號多如繁星，記不得，不同年號之間究竟相隔幾年，也得代換成公元之後才能計算，總之煩死了。

幸好明清兩朝，皇帝佛心來的，一帝一號，於是大家就用年號作為這兩朝皇帝的代號。當你說「光緒皇帝」，大家都知道，若說「清德宗」，卻會問：「這誰啊？」

另外某些君主生前為自己起「尊號」（徽號），如慈禧，這說來話更長，不提了。

中國與台灣知名的歷史小說作家，學養俱佳，這些基本文史常識都懂。會犯錯誤的，多半是漫畫家、影視編導。日本三國漫畫有一畫面，臣子對著皇帝喊「劉協大人」，這是打死也不可能的事，除非叛變。臣子避諱都來不及了，不可能直呼皇帝大名；二來，古人尊稱以「字」而非「名」，就算要喊皇帝，也只可能稱字。

若不注意，國名、朝代名與皇帝名一樣也容易弄混。三國時，劉備／劉禪政權，以漢朝繼承者自許，蜀是主要統治地區，蜀漢，是後人用來區別漢朝所喊的國名，就像南北宋、東西漢，俱為後代所稱。蜀國，更是敵對者魏、吳不禮貌的稱呼方式。因此電視連續劇裡蜀漢旗幟上大大的「蜀」字，那是開玩笑，中央政權變成地方政權，劉備就從皇帝貶為區長、地區領導人了，這是只有自我作賤的首領才會做的事。

WELCOME
Business Hours
詩
PUSH
PUSH

Chapter 4 書事件

書店不死，只是逐漸凋零。書店群落，雖然家數逐年遞減，看似群體失落，卻又以另一種群落形態生存著。

創作者的紀律與怪癖

《創作者的日常生活》這書有趣，找來看，一是好奇於創作者（主要是作家，偶有音樂家、畫家、學者）的八卦軼事，一是希望有所啟發，得到一些加持。

我發現介紹的作者雖多，生活習慣不同，謀獵靈感、遁入創作情境的方式各有一套，但大致有三不管：

第一個不管，不管是千奇百怪或尋常無奇，各種生活步調、習慣甚至儀式，都是為了進入且維持在最好的工作狀態。

其次，不管私生活怎麼奢靡、淫亂、失控，一旦創作，都竭精殆慮，用盡心力而後已。

第三，不管什麼類型的創作者，幾乎都講究工作紀律。只有極少數例外。（編字典的約翰生博士，為欠紀律、懶散、拖延所苦；托妮．莫里森也好不到哪去。）

說到紀律，我整理了一下書中每位創作者生活與寫作的習慣，雖然各有其道，但幾乎無例外的是，每個人都很有紀律，對工作要求很高，沒有一個想工作才工作，想休息就休息。絕大多數作者，在家如在公司。最誇張的是這一位，安東尼．特羅洛普。此君自述在英國某地的十二年生活，每天清晨五點半起床，開始工作。他認為，對文字工作者而言，三小時足以寫出一定的分量，因此他自我訓練，在三小時間連續工作，他把手錶放在面前，要求十五分鐘至少寫出兩百五十字。依此推算，一天三小時下來，就有三千字了。

這種以碼錶計時，分秒必爭，按錶操課，工廠作業員般的工作形態，造就他的多產成果，一生推出小說四十七本，以及另外十六本著作。

安東尼．特羅洛普的模式，聽起來很像軍事化，但若依村上春樹的「催眠論」，便不足為奇了。村上春樹寫小說期間，天天保持一樣的作息，「它是一種催眠，我為自己催眠，以求更深入我的心靈。」他說。

紀律，就像史蒂芬．金所堅持的那樣，每天寫，每天寫滿兩千字才會休息。伯納德．瑪拉末的格言：「只要有紀律，怎樣工作無關緊要。」

這樣豈不很累？不過紀律維持久了，就形成規律，習慣成自然，可能便不覺得疲憊。像哲學家康德那樣，四十歲以後，過著機械式的生活，起床、喝咖啡、寫作、上課、吃飯、散步，都有固定時間，忘了戴錶的人，看他在做什麼，便知道時間。旁人受不了的枯燥，他甘之如飴，享受這樣的生活。還有什麼比過自己想要的生活更美好的呢？

即使整天工作，若做得愉快，不以為苦，又有何關係？論工作狂的代表，非大文豪巴爾札克莫屬，他不分晝夜，時時寫作，他說得何等豪邁：「日子在我手中溶化，就像太陽下的冰塊一樣。」這位靠一天五十杯咖啡提神的作家，活了五十一歲。

書中最好看的部分，是引述某些作者的特殊癖好。例如，這位名叫湯瑪斯．吳爾夫的美國小說家（不是我們耳熟能詳的吳爾芙），一九三〇年一月一日的夜晚，卅歲的他，寫作不順，決定脫衣上床就寢。他裸身窗前，發呆，突然間精神振奮，疲憊一掃而空，於是回到書前，振筆疾書，竟如行雲流水般自然。事後回想，是什麼因素讓他如有神助，判若兩人？是了，就這動作，他站在窗前時，不自覺地撫弄了雞雞，這是他從小就養成的習慣，習慣成自然而不自覺。這只是簡單的撫摸，不是自慰，沒有情色意味，因為他說，那時生殖器是鬆軟的，並未亢奮，可見純手工撥動，發乎自然，是不至於射的反射動作。或許平日有些傑作是這樣寫出來的而不自知，總之，這天的發現，讓他如獲至寶，他經常善用其寶，激發靈感。這 flower（扶老二）寫作策略，可供男作家參考。但境界高，豈人人所能？試想他才三十歲，自摸卻無邪念，能夠保持在平靜狀態展開工作，這就是創作者的能耐。

創作，不論是尋找靈感，或是培養情緒，追求效率，每個作者都會測試各種方法，有用沒用，用了便知道。有些人的方法比較離奇，不可為人道，有些普普通通，老套無奇。總之，自己東西自己用，順手就好。

村上春樹是作家典範

往往，天濛濛亮，電腦就開機，待到夜色掩至，驚覺所寫的文稿不過寥寥數字，可怕的是連臉書也沒貼半則，可一整天在電腦前卻感覺忙碌，那麼時間是怎麼流逝的？是了，不斷切換心情，切換視窗，可以面對全世界，就是不想面對一方WORD。就是這樣的心態，於是，聽一首歌，看一段影片，查訊息，收郵件，聊個天，打個屁，就算乖乖查個資料也會瞄到其他連結而峰峰相連到不知哪個天邊。是這樣切切換換斷斷續續，切切切，淒淒切切，轉檯般，寫稿像人生人生好像走馬燈，一日無成。

遂懷念起那個遙遠的撥接上網的時代，撥接響音刺耳，龜速搭配天價，只得耳聰目明，一邊上網一邊注意電腦螢幕連線時間，每五分鐘一．七元，快滿一個計費單位便切斷連線，以離線模式閱讀。

那時資料不多，網民不多，貼文沒有獲利可能，只為可能的未來那一點光，就傻傻行進。而當時的未來也就是現在，比以前多了點光，但也照亮不了多少前程。反而拜寬頻之賜，不擔心連線時間，享受寬頻飆速，卻不能不承認那是寫稿殺手。用電腦寫作，享受查資料之便，改稿打字之便，但分神的事太多了。

分出去的神就在電腦裡，成也電腦，敗也電腦。

昔者管寧割席，只為同席讀書時，同窗華歆見達官貴人搭高級座車經過門前而棄書出門觀望。為外界事物所分心，彷彿罪大惡極，寧可斷交不與同儕。管寧再世，恐怕我輩都被他封鎖了。

只因為寫稿的大敵就是網路，電腦裡面有一個世界叫做網路，比馬路還吸引人。既生瑜，何生亮，瀏覽器與WORD為何同置一部電腦裡？就這樣分心，時間分分秒秒不知不覺過去，死線更近了。天帝說，死線近了，你要悔改。但好難改啊，有時候真想把一些快筆多產的作家玉照貼在電腦上，或下載到螢幕桌面，有拜有保庇，不一定祈求產量豐富，至少快一些，像小學生寫作業一樣，趕快寫好趕快出去玩。

但快慢是個性，也可能牽涉到才分、態度。事有所成的創作者不一定快，但一定守紀律，專注。沒有例外。《創作者的日常生活》看好幾遍，一方面看創作者的軼聞趣事，一方面學點訣竅絕活，這時發現沒有快筆的法門，習慣各自不同，相同的是專注與紀律，缺一不可。

在村上春樹《身為職業小說家》出版前，網路便流傳他的一段訪談。村上春樹日復一日，認真勤奮，紀律變成規律，鐘擺一樣，用意志力當發條。訪問稿提到村上春樹一天虔誠的習慣：「四時許起床，不用鬧鐘，下床後一杯咖啡、半個 scone 或牛角包，坐在電腦前，即時進入工作狀態，絕不拖拉。七時許，早餐，簡單的吐司之類，繼續寫，不說話，如果是寫小說，不聽音樂，一直寫，寫夠十頁四百字原稿紙，就停。十頁，一定停。每天如是約用四至五小時寫作，四點寫到九、十點止，然後開始跑步或游水一小時。運動後，做翻譯，至下午約二時，這天工作完畢，餘下一天按心情隨心意喜歡做什麼就什麼：聽音樂、散步、下廚等。文壇交際，不玩；評論譭譽，不理；傳媒訪問，不睬。寫作三十年如一日。」

簡單的生活，規律的生活，只面對工作。村上春樹的工作就是寫作，從清晨四點開始，集中精神寫作數小時，寫出一定字數，不多，不少，四千字，再運動一小時，開始譯作。

除了專注力、持續力，還要決斷力：堅持做什麼，同時堅持不做什麼。不做什麼？文壇交際、評論譭譽、傳媒訪問，都在日常作息與心思的選項之外。

村上春樹的生活看似單調，但下午兩點之後，全部是休閒活動，聽音樂、散步、下廚，他不是寫作的作業員。像寫作工廠作業員的是法國大文豪巴爾札克。他除了寫，還是寫，為寫作而生，為寫作而死。工作狂。

據巴爾札克自己描述，他每天晚飯後六、七點鐘睡覺，凌晨一點鐘醒來，工作到早晨八點，八點後再睡一個半小時，吃些簡易的早餐，又寫到下午四點鐘。接下來，可能是唯一的休息，他接待訪客，洗澡，散步，晚飯後，六、七點鐘，睡覺去，日夜顛倒，日夜循環。

雖然不同時期，可能作息時間有出入，但大致誤差不大。這樣算來，巴爾札克的睡眠時間一天合計超過八個鐘頭，不算短，但工作時間將近十四小時，很長，伴隨著的，是強大無比的意志力、注意力，與傳說中一日逾五十杯的咖啡量。

巴爾札克只活了五十一足歲。

巴爾札克的工作時間比人家長，作品產量比人家多，相對的，生命燃燒得比別人快。

過猶不及，村上春樹應是典範。他寫作之專注用心不只表現在寫作本身，也在於把精神用來面對作品，人情交際與作秀應酬則留給鍾愛此道的其他作家去玩。
我認識的作家愈多，愈覺得要做到這樣很不容易。

退了稿，我們就不是朋友了

要結交作家朋友，就去當編輯；要樹立作家仇人，也去當編輯。朋友仇人一線牽，界線在於用稿或退稿。用了，一切好說；退了，愈描愈黑。用白話講就是：稿子刊了用了，什麼都是；反之，什麼都不是了。編者和作者之間互動微妙。以上法則，同樣適用於出版社操生殺大權的主編、總編或老闆和作者之間。

爾雅出版社負責人隱地兼具三重身分，七十年來，故事或牢騷特別多。在《回頭》這本形式特別的書，好幾篇提到這類情事。書中寫退稿帶來的不愉快，因而和文友吵架。退稿，有的是自己被退，有的是退別人的書稿，總之退得上火，嘀嘀咕咕。

〈作家與編輯〉這篇談到和季季的一樁舊恨新仇。

舊恨來自於隱地為季季出書，邀編小說選，合作多年。後來季季當了《人間》主編，一年來竟然不曾向他約稿。山不來則自己走向山，隱地主動投稿，十一則哲理小品，形式就是當年賣得嚇嚇叫的《心的掙扎》、《人啊人》、《眾生》（合稱「人性三書」），每則短短、用阿拉伯數字分段的文體。一個月了不見刊登，有日季季來電，表示留用，但有贅肉，須刪。稿子不在手邊，不確定刪哪，隱地拿起底稿逐句邊念邊問，季季仍不確定。隱地火大，寧退不刪。接下來的日子，季季發現隱地態度冷淡，互通電話時口氣顯得不耐，爾雅新書不再寄送，知道此君有恨，乃抽空寫信，但信中了無歉意，反而不客氣指責隱地被出版事業蒸蒸日上以及寫了幾本暢銷書沖昏了頭，以致忠言逆耳：這樣下去，「你的創作是永遠不會進一步的。」

書裡收錄彼此來往信件凡四封。我們旁觀聽八卦，看兩個文人通信吵架，小孩子一樣，覺得有意思，當事人可惱了，在當時。

隱地的領悟是：「所有的問題出在身分的改變。」所謂身分的改變，指的是：「朋友和朋友，一旦有一位成了作家，還不至於出現大問題，若兩位都成了作家，要保持最初的友誼，困難度立即提高百分之五十以上。何況，後來彼此在『作家』的身分之外還分別做了編輯。」

這是多麼痛的領悟。想想看，你的朋友成了編輯，豈有不向你邀稿出書之理？一旦怠忽，便傷了感情。例如瘂弦、桑品載，軍人出身的主編，搖筆桿的同袍之多超過想像，上台後照顧不到，不知惹來多少怨言。

其實誰想退稿？作者不想，編者何嘗願意？但有時來稿不差卻不得不退，除了少數勢利眼編者，認人不認稿，許多編者面對好文，難免因為篇幅有限、稿擠、市場考量、刊物風格等等理由必須割愛，雖然有點「人在江湖、身不由己」的蒼涼，但這就得罪人了。

開出版社，出不出某本書，和副刊、雜誌刊不刊某篇文章，意義大不相同。出版社有庫存和帳目壓力。儘管隱地多次宣稱，反正書不賣了，可以隨心所欲出版想出的書。但面對書店退書排山倒海而來，壓力是很沉重的。

十餘年前拙文〈爾雅的規矩〉一文在網路流傳轉寄，幾家媒體都報導此事。作家李志薔訪爾雅，問隱地，經過這一波風潮，書有沒有比較好賣？「沒有。」隱地以苦惱口吻答道：「只有要來出書的作者比以往更多。」幾年過去了，情況未好轉，反而雪上加霜，等待出書的作者更多又更多。隱地透露，每天接到作家打來詢問是否願意出書的電話就有三、五通。寫書的人依舊多，買書的人依然少，倉庫還是堆滿回頭書。

每天忙著看稿退稿。退稿也會有火氣的。隱地有一文〈隔日〉寫道，年輕作家來電問贈書讀後感，隱地劈哩啪啦牢騷一陣，抱怨贈書和稿件四面八方而來看不完，以前有禮貌，贈書一定回函道謝，退稿必附短箋說明未用原因，現在書稿不斷湧進，頗煩。

年輕作家被隱地的急促語氣嚇住，急忙下線。隱地牢騷發完，自己也懊惱，覺得要學習情緒管理才是。

隱地是長於反省的人。一本《回頭》，不少省悟。省悟也者，始於反省，終於領悟。比如書稿退得太快，讓人很沒面子。本來快刀斬亂麻是美德，但這時候傷了人，很難捏拿，至於退稿原因，大吐出版事業困境之苦，可能愈描愈黑，誤解更深。人啊人，關係永遠是最複雜的。

被退稿等於被退婚，奇恥大辱，必生怨言。這種怨念很強，有時候可以附身度過人生大半個春秋。隱地在中時「三少四壯」專欄（後來收入《我的眼睛》）提到和皇冠發行人平鑫濤因為投稿而引發的恩怨情仇。隱地真誠實啊，一般作家對退稿事隱諱不說更何況抱怨。隱地說，年輕時經常向皇冠投稿，有一篇〈五線譜〉，平鑫濤覆信表明留用，但每個月都來信致歉，表示稿擠延期刊登。六個月過去了，年少氣盛的隱地氣炸了，寫了一封類似絕交信，要求把稿退還。次月，稿子刊出，平鑫濤寄出雜誌，附帶一信，暗示以後不必再寄稿來。兩人關係中斷，五十年來，不說話。你看多可怕。

《回頭》是情緒之書，是時光之書，是記憶之書。可當掌故讀，可當八卦看，也可學習到一些東西。隱地自稱有書信教學之功，年輕讀者不會寫信了，書裡作家和編輯通信，格式頗可參考。此外，吵架哲學以及應對處事的奧妙，是課本學不到的。

心智波濤洶湧的二十天：詹宏志《一百年的一千本書》

詹宏志在《壹周刊》寫過一陣子專欄，每篇文章固定兩頁，而題材不一，大致以好幾篇處理一個主題，之一、之二、之三……，連載下去，日後結集也沿用這種分篇方式，例如《綠光往事》即是如此。這樣的好處是可以串接為長篇散文，不像一次寫一本書那麼累，也不致想到什麼寫什麼而流於零散瑣碎。詹宏志利用這個專欄把一些往事，旅行的、工作的、閱讀的，種種回憶，釋放、整理出來。

《一百年的一千本書》是專欄某一主題的小結集。

《一百年的一千本書》主要談的，並不是如書名所繫「百年千書」這個議題，而是詹宏志成為自由工作者時期，所做的「編輯提案」這件事。這些編輯企畫發想，有的事後成形立案，有的不了了之。失業時期面對職場的茫然，靈感浮現的志得意滿，執行時的進退難易，以及出版實務細節，都在筆下畢現。

當出版構想一一湧現，似乎足以糊口很多年，依舊坐在咖啡店的詹宏志進而自問：為什麼如他這樣自學而成的編輯，有能力做這些事情？那必然有一份養成教育，而這資源可能來自年少時期日積月累的閱讀習慣。於是本書最後一章帶到「百年千書」一案，探討這個世界，你我他是如何透過閱讀（以及誤讀）形塑成今天這個面貌。文章只開個頭，其餘的，便留待下一系列繼續敘述。

因此《一百年的一千本書》這本電子書，談最多的，是詹宏志的編輯構想與執行等過程，以及成敗得失的檢討。夾敘夾論，對編輯出版有興趣者，或許可以由此觸發一些想法。

這本小書的時代背景，是當時三十八歲的詹宏志，二度離開遠流，以遠流為華文單一市場前進基地的布局中輟，以為安身立命做到老死的工作終究因為與老闆理念不契而離開，整個人處於低檔，在咖啡店無所事事，打開筆記本，思慮飄盪，何去何從，舉棋不定（箇中原因諸多考量請看書中第一章自剖）。後來決定提案，提出編輯構想，從企畫到執行，尋求出版社合作，有別於接case的自由編輯，成為以提案編輯為主的自由工作者。

這是詹宏志的專長。昔日在遠流，其鬼點子、金頭腦的形象，不單建立在行銷方案，也在於企畫編輯的創意。形形色色的出版計畫，成熟不成熟，在腦子裡，每天好幾個。而今以此為生，但失去公司舞台，不但必須毛遂自薦找到願意支持的公司，且只有一次提案機會，提出來的案子若搞砸，下回就沒人理你了，之前建立的傳奇，很快便折損掉。

這些構想，有的事後在出版市場，我們看到了，譬如：「謀殺專門店」（一〇一部，遠流）；「旅行與探險經典」（六十種，馬可孛羅）；「世界十大間諜小說」（皇冠）等小套書。有的胎死腹中（如格林的「輕經典」），有的一直在筆記本裡躺著，沒拿出來……。

其中，最為人知的，在書裡著墨最多的，莫過於後來纏鬥十年的推理小說選——「謀殺專門店」。詹宏志敘述從創意發想、編選到行銷的層層環扣，也提出類型小說的概念，推理迷當備覺親切。而結合著這系列叢書的話題，便是出版市場的郵購行銷一事。

詹宏志帶著企畫案，遊走各出版社，碰到的最大困難是，並非每一家都像遠流一樣，擁有郵購行銷的能力與經驗。為什麼一定要郵購行銷？主要原因是，案子裡成套的小書，都是藉由書種的編選，呈現該主題的沿革史。以系列建立系統，編選者（詹自己）必須撰寫導讀，為讀者建構這個類型小說的演化史，因此不能打散。（尤其擔心的是，讀者到書店，跳著讀，挑著看，挑到乏趣的一兩本，可能殃及池魚，整個系列不想接觸了。）

雖然只是幾部小套書的編輯企畫與行銷，出版市場的運作，企畫發想的思路，都在詹宏志這部小書裡清楚展現。雖然不是回憶錄，部分職場的回顧也很精彩，例如金庸作品集的版權，當初遠流從遠景手中承接過來，疑惑於如何在滿街都是遠景折現抵債的六折金庸書陣中，說服吸引讀者掏腰包購買新版？腦力激盪，再創新局，其中曲折，便不是外人所得知的。

詹宏志失業在咖啡店的二十幾天，據他形容，「從心智的活動上來看，那應該是我內在所經歷過最波濤洶湧的一段時光。」他把這段波濤洶湧寫了下來。二十年了，PChome、城邦集團、明日報，都是後來的事。

作家的神隱與神祕

年少輕狂，以寫作為一生志業，無法理解，怎麼有諾貝爾文學獎得主自殺？又怎麼有作家的配偶或情人要求離異？我傻不隆咚地想，得了獎，成了名，作品無退稿之虞，人生至此，夫復何求？而能和偉大的靈魂相依相伴又怎忍仳離？直到二十多歲，我還是這麼幼稚地想。

更難理解，有的作家，寫作有成，說不寫就不寫了。

問起作家寫作的理由，大都冠冕堂皇抒發一堆；當棄寫時，則多沉默以對，沮喪、陰鬱，好像有什麼重大不可解的祕密。但也可能靈魂去到了作家認為更美好的地方，便不再留戀文化圈子。怎麼回事，外人不得而知，作家若願意傾訴，就不致封筆了。往往待作家復出，接受訪談，才道出退隱江湖的來龍去脈。

很多很多年前，《聯合副刊》以作家為對象，做過問卷調查，問最期盼讀到哪位作家的作品？停筆很久的作家被優先考慮，記得陳映真、黃凡、瘂弦等人都上榜。似乎這麼多年來再也沒看到過類似的問卷：你最期盼哪位停筆很久的作家復出創作？

《巴托比症候群》（遠流出版）這本怪書，講作家向寫作說「不」的現象。封面文案很嚇人：「巴托比是一群人，也是一種病毒，它瀰漫在文學世界裡，讓作家無法再下筆。」

博學的小說家安立奎·維拉馬塔斯在書裡列舉好多個案，可見書寫虛無症不是少數作家的症頭。書裡所探討的，不只是向寫作說不，從文壇消失的作家而已，還有一種，即使著作等身，也不涉足文壇，他們身分成謎，根本就不想成名。這些神祕作家，有的成名後身分被破解，有的自始至終神祕兮兮。前者如美國推理小說大師范達因，後者如比·特拉文。

一九二〇年代，范達因推出《班森命案》、《金絲雀命案》、《格林家命案》等作品，轟動文壇，驚動出版界，但筆名范達因的本尊是誰？外界不得而知，出版社編輯也幫作者保密。

出版社想出促銷方案，請大家猜猜范達因的真實身分。紐約的文學編輯明查暗訪，宣布答案，可惜猜錯了。後來有人懷疑是他的舊同事維勒·亨廷頓·萊特。他請出版社轉信給范達因，然後寫信給他這位舊同事，比對兩人回信的信紙和打字機痕跡後，賓果！就是藝術評論家維勒·亨廷頓·萊特。你猜我猜，范達因的身分，從猜錯到猜對，過程本身就像推理小說。

最厲害的是比・特拉文。所有作家再神祕傳奇，也比不過他。安立奎・維拉馬塔斯也不得不叫他第一名，說他是「神祕作家中最神祕的一位」。此君真實姓名不詳，國籍不詳，身分容貌不詳，一切神祕低調而不詳。關於他的個人資料，眾說紛紜，卻無從求證。他最有名的作品是《碧血金沙》，後來被改編為電影，獲得奧斯卡金像獎。此片開拍之初，特拉文收到導演要求授權信函後，回覆了二十餘頁的信件，交代拍片種種細節，同時答應在墨西哥市會面，但他並未現身。一週後，導演一覺醒來，發現某男子在他床前，自稱是特拉文的電影經紀人。這名經紀人和電影團隊相處了兩週，意見多多，對原著內涵了解透徹。這兩人會不會是同一人？雜誌社派狗仔隊跟蹤這名經紀人，潛入他在雨林裡的倉庫住處，發現特拉文的手稿。但其人其事依然成謎。和葡萄牙作家費南多・佩索亞一樣，特拉文的筆名多不勝數，他自稱的國籍也好幾個，每個都跟真的一樣。

作家百百款，有特拉文這種，只和讀者在作品裡見面的，也有作家不坐在家裡而到處作秀的。

分身寫作的樂趣多。右手寫散文、左手寫詩還不夠，還有人化為千手觀音，寫更多題材，且保持神祕不為人知，甚且故弄玄虛，讓分身之間互打招呼，讓人猜想不到。有些作家改換題材，故意化名寫作。以前《人間副刊》推出可叵專欄，對時事冷嘲熱諷。可叵是散文作家張曉風。

又，遙遠的當年，《自立副刊》有一陣子常刊登某位作者的評論文章，名字很好聽，女生的名字。我常看著報紙文字，對著作者名姓，遐想一番。很多很多年後，才知道，哪是女生？大男生楊照啦。殘酷的事實。幻滅是成長的開始，也好。

不是網路時代，才流行玩分身，不，這不是數位時代的專利。《惶然錄》作者，費南多．佩索亞是這方面先驅，時間早且功力深。他用七十二個筆名寫作，每個筆名代表一個分身，各自獨立，各有明顯風格，不同的人物生平、背景、文學理念、作品風格，自成一種文學流派，實在是太太太太厲害了。他生前名氣不響，死後被發現大量未發表的作品，才漸漸走紅。用化名寫作，古已有之，分身和本尊對話，也有不少，但玩到這麼大卻少見。

打馬賽克的日記散文

談到《爾雅作家日記》系列，二〇〇二年打第一棒的隱地說，雖然寫得昏天暗地，十分辛苦，但一寫四十萬字，創作力量一發不可收拾，日記出版之後，每天總要寫些文字，不寫若有所失，因此五年內就出了八本書。

隱地鼓勵大家寫日記，不管出不出版。

聽到寫日記有這好處，我心嚮往。我一向筆慢，無毅力，若借日記之寫作讓筆愈磨愈利，鍵盤愈敲愈亮，打通任督二脈，倒也不錯。但從小我不曾持續寫過日記，除了食衣住行等例行事項，也不曾一年下來日日做同一件事。人要蛻變不易，小時候做不到的，長大了也一定做不到。若說有恆為成功之本，那麼三天打魚兩天曬網，三分鐘熱度，便是失敗之母。

於是我想到，自此奮發，朝向人生勝利組，不是很美好嗎？然而我又發現，日日寫日記，不但是恆心問題，若是缺乏動力，也起不了勁。之前有部落格，現在臉書，據說經營之道，首在密集而穩定的發文，寫日記貼上網，懶病看來可藉以根除。其實不然，心裡模擬內容幾次，察覺恐怕癥結在於，生活單調，尋常作息不足為外人道也，而值得一道的，不乏猥瑣陰霾，不可說的部分，不宜曝光，人生還是低調神祕一些，比較有趣，比較安全。

或說，日記不一定要寫生活日常，雜想、隨記、評論、抒情筆記都可以，題材無限，不限生活。但這和我心目中的日記寫作頗有距離，我覺得那是札記。如果日期置換而不影響內文，那不算日記，至少不是我預想的要努力追求的日記。

於是，日記散文，我始終是個讀者，就像爾雅這一套日記叢書，一共十部，我幾乎都讀了，有喜歡有不喜歡的。（其中隱地、劉森堯、陳芳明的日記我最愛。）頭尾是隱地，郭強生、亮軒、劉森堯、席慕蓉、陳芳明、凌性傑、柯慶明、陳育虹接力，外加《日記十家》一本，是從各舊作選出其中一個月的日記，加上王鼎鈞的〈一九九六年四月〉，組合而成。

本來最後一棒是陳文茜，隱地三請四請，終獲自肯，偏偏她不按牌理出牌，交來的稿件不是日記而是散文，但她打包票：「我的書銷量保證一萬五起跳。」陳文茜沒騙人，爾雅靠她這本《文茜的百年驛站》賺了一筆，初印六千，不到一週，搶購一空。因此隱地補寫二〇一二年日記，湊個十本，功德圓滿。

這批日記作者幾乎叫苦連天。雖然作家寫作如同家常便飯，但每天要寫，一日不寫，追補費力，如利息滾滾累計驚人。而且雖然取材可以自由發揮，仍不免寫到相當多的私生活，為曝光太多而不安。於是我們讀到作家們的人情交往、所思所關注或生活瑣事，雖經剪裁仍無所遁形。有的讓你驚訝原來此君生活頗有意思，也有讓你嘆氣此人原來思想這麼淺浮。公開寫的日記尚且如此麻煩，真正為日記而日記的文字多麼私密就更不用說了。本來日記是給自己看，不是用來發表的，一旦動念發表，就像偉人或民族救星那樣寫日記，還能寫出什麼心裡的話？

但萬一興起念頭，要把本無忌諱的日記出版，只好打上馬賽克，約略刪修，變造。想起之前水牛出版社推出《孟東籬作品集》，有一本《愛渴：孟東籬最後日記》，書名為日記，實則是一般文章，第十章才是日記。

據說孟東籬習慣寫日記，但每隔一陣子就會重新檢視，除少量保留發表，大部分付之一炬。黃怡在〈那些女人教孟祥森的事情〉一文說道，孟東籬去世前兩個月，她受託處理他的日記，篩選出版，而他保存的日記有七八個中型紙箱之多，上溯至三十多年前。這些日記是他的情史，一直捨不得燒毀。他說：「我把名字都劃掉了，除了少數朋友，不會有人知道她們是誰。」

真正的日記，刀刀見骨，因此有人戲稱，為出版或發表而寫的日記是偽日記，應該稱為日記散文。不過，日記散文又和日記體散文不太一樣，日記體散文／小說是寫作所採取的形式，不用日記體一樣可以寫得出來。又，日記散文，有一種特別的寫法，是一段時期針對一個活動而寫，如上圖書館、博物館而記錄的《布朗修哪裡去了？》、《大英博物館日記》，或如在城市、鄉村生活的《威尼斯日記》、《田園之秋》。這是較安全的寫法，把隱私鞏固在一定範圍之內，也是無膽無能無聊如我輩等可以嘗試的形式。

想起北投溫泉，以及一些文學地景

不知道有沒有人統計過，因為文學地景而成為觀光景點的地方有多少？我說的是像川端康成《雪國》的越後湯澤之旅那樣的行程，更不用提電影帶動的地區觀光熱潮，例如《悲情城市》之於九份；《海角七號》之於恆春。或者低調走訪，個人行動，像循卜洛克筆下馬修・史卡德每天報到的咖啡店、酒吧走一遍紐約，也算。

很多地點因電影或文學而成為朝聖所在，為地方帶來繁華或紛亂，其中利弊先不談，能因作品而認識地方，總是好事。文建會曾推出《文學地景》系列，依小說、散文、詩分冊，推廣地誌文學，這個構想很好，希望有更多類似選集，更希望台灣各地區都有地誌文學選集，結合導覽，化為觀光資源。例如：「地誌文學系列．南投」、「地誌文學系列．羅東」等等。各市鎮觀光手冊也可以做得很文學啊。

我在冬夜胡思亂想。再怎麼想，那是政府和檯面上大人物的事，我只想也只能做的，就是閱讀，做筆記，把在文學作品看到的，台灣各地的風光人情地景，筆記下來，與讀友分享。

比起旅遊文學所描述的地景，我更喜歡閱讀作家寫家鄉或成長時地的述往追憶，裡面有人情的互動，與土地的相處，以及成長的印記。黃春明的宜蘭，鍾理和的美濃，七等生的通霄，李昂的鹿港，蕭麗紅的布袋，吳晟在彰化溪州，夏曼·藍波安在蘭嶼……甚至，小至一條街：房慧真與晉江街，楊佳嫻與雲和街。文學與地理，互放交會的光亮，照耀在台灣文學史冊裡，多麼美好的閱讀感覺。

地誌文學充滿魔力與魅力，作家的文筆魅力召喚你閱讀作品，文字的魔力吸引你走訪書中場景，即使不能立即化為行動，有朝一日，踏上作家筆下描繪的土地，自有一分領會。

地誌文學以城鎮山川等地理和風物文化等生活敘述為素材，散發出迷人風味，作家將對故鄉的感情化為文字，藉著文字的書寫，記錄同一地方不同時代的不同風貌。地方誌雖也記錄這些，但讀來終嫌枯燥，不如從蘊含情感的文學作品下手。我想，我奉《山風海雨》為台灣散文第一級的經典，多少也是因為楊牧的文字傳導出這種氛圍吧。

於是，我又翻開讀過好幾回的《溫泉洗去我們的憂傷》，翻開北投的那幾章節。隨著郝譽翔的文字，神遊神祕的、曖昧的、滄桑的、面貌繁複多變的北投。書中有一篇與書名同名的〈溫泉洗去我們的憂傷〉，我特別喜歡。這篇以呂赫若日記提及他常去洗溫泉一事開頭，藉以對比北投曾經的繁華與日後的衰頹，並回眸伴隨她成長的北投當時沉寂灰撲的過氣模樣。

在二戰期間，死亡的陰影，皇民化運動的肅殺，洗溫泉成為作家呂赫若的情緒出口。溫泉，郝譽翔寫道，「宛如母親的乳汁，撫慰著那些受殖民者壓迫而不安焦躁的魂魄，也洗去了大地上戰火撒下的灰燼，以及層層積累在人們內心深處的憂傷。」篇名／書名便源自於此。

相對之下，郝譽翔並未感受到洗溫泉帶來的抒解，因為她成長的一九七、八〇年代，北投因廢娼而沒落，多數溫泉旅館大門深鎖，鎖頭生鏽，地（熱）獄谷關閉，公園罕有人跡，整座城市鬼氣森森，彷彿被遺忘了。

郝譽翔轉述聽聞而來的舊日北投，描述當時眼見的北投，寫北投臭水四溢的夜市，夜市裡弄蛇，脫衣舞表演的賣藥班子，寫山林間隱隱可見的溫泉酒家，寫街頭販賣的食物，街道上的住宅商店，大度路飆車的狂亂盛況，收容她不安靈魂的山林……種種地理景象，與不甚快樂的成長經驗交錯，地景與心境融合在文筆裡，產生迷離的、淒美的感覺。

為了多了解北投，我在二手書店買了許陽明的《女巫之湯：北投溫泉鄉重建筆記》，紙上漫遊，決定等天氣好轉，再踏勘北投。

書店群落

重慶南路書街

若問我，重慶南路書街沒落，氣息奄奄，會不會懷念？會；會不會期盼風華再現？會；若就此消沉會不會難過？答案是不會；期待政府出手相救？不。

懷舊可以，守舊不必。重慶南路書街，一如所有隨時空變動而走入歷史的舊時風華，或懷念，或發思古幽情，但不必重溫舊夢。相見不如懷念。有些朋友懷念往昔一條書街逛到底的過癮，有些人則從書店消失、書街傾頹，而聯想而憂心於閱讀風氣之衰微。然而這樣劃上等號，太過簡單也失之於草率。或許只是消費模式的轉移（轉向網路書店），只是商業區域的移動（買書轉向台師大書店圈），閱讀能力降低或買書習慣變差，不是單純從書街不成街來判定的。

我懷念台北重慶南路櫛比鱗次的書店，那是我青春歲月中看見書的地方。除了國際書舍舉辦書展，平日買書，就在這裡。

書店有光。出門逛街，書蟲每以趨光性往書店撲去。有段時期我賦閒在家，小女甫誕生，有時思書情深，聽聞紙頁呼喚，湧起書店鄉愁，輒趁嬰孩熟睡，推著娃娃車，從小南門的家，循延平南路，往重慶南路走去。距離最近的是金橋書局——紅磚建築，典雅華貴，出版人周浩正口中最有氣質的書店。那時候的金橋，一樓只賣書，不是貝果店。往往我進書店不久，一本書都沒翻閱，嬰兒醒來，快要哭了，只得匆匆離開，但是感覺到書的感覺了，聞到書的味道，就夠了。

因為這個緣分，金橋成為我印象深刻、情感特別的書店。

金橋書局於我是特殊時空下產生的特殊關係。日後我單身逛書店，金橋書種不多，非我首選，就去得少了。同為東華書局集團開設，以麵包馳名的馬可孛羅，也是一樣。二樓餐廳雖闢有書區，畢竟點綴。惠我最多，最專業的當屬三民書局。

我把三民書局當圖書館看待。據說日本歷史小說家司馬遼太郎寫作一書之前會把神保町舊書店橫掃一遍。我受啟發，有樣學樣，但不是去舊書店，而是分類清楚，書種齊全的三民書局。這家書店不講溫馨浪漫，實實在在，書就是書。最值得稱道的是，店員受過訓練，素養佳，問書，腦子如電腦，指出某樓某櫃，大致無誤。

三民書局不僅賣書，也出書。發行的書，種類龐雜，不論三民文庫或東大叢書，平常書店不大見到。無法想像萬一三民歇業，這些自家出版品何去何從？

類似的情形也見於商務印書館。人人文庫和種種口袋書，琳瑯滿目。這麼一家老字號，說走就走，如今已是旅館。或許書和人一樣，來來往往，有生有死，書人留連過了，就換成旅人進駐。

商務印書館大樓轉變為青年旅館。出版人廖志峰寫過一篇文章，說他走進這棟大樓，只見「入口處的櫃台後仍陳設著書籍」，不禁好奇問：這裡也屬商務嗎？工作人員愣了一下，回道：「這是青年旅館，很多自助旅行的客人入住，你要說是商務也可以。」

一個商務，各自表述，不是雞同鴨講而已，也是跨時代的對話。

說實在的，重慶南路具有特色的書店，是這些兼做出版、可為門市的書店。因此讓我遺憾的不是一條書街的消失，而是書街中這些書店的消失。這些門市，有的還在，像三民；有的遷到樓上，靜默度日；有的無以為繼，與讀者永別。這些出版社所開的書店，因為兼賣或專售自家產品，陳列的書種跟別人不一樣，於是與一般綜合型書店頗有區隔。三民、商務、東方、河洛、世界、中華、正中、文化、遠東、台灣、建宏等書店，均屬此類。

據云重慶南路書街極盛時期，連文具店算進去，達百餘家，而我留有印象的，都是這些門市型書店。對於一般綜合性書店，印象模糊，只有金石堂、天龍，以及前述金橋，緣於某些緣故，我還記得。

我有惑，一條街，例如舊書成林的牯嶺街，家具街的南昌路，舊家具兼皮鞋街的廈門街，主要意義在哪裡？除了城市風華等象徵意思，以及貨比三家、方便採購之外，還有沒有其他功能？以重慶南路書街來看，過去有它的功能性：買書，貨比三家踏破鐵鞋有覓處，遍尋不著的書總有一家賣。現在網路打開，找到書，下單，到便利商店取貨或宅急便送到自家來，秀才不出門能買天下書。同類商品布滿一條街的功能已失去大半。

若論怎樣的書街吸引人，不如先想怎樣的書店較有魅力。如果一條書街，各家書店特色不顯，而且新書書店所賣的書，大同小異，就像便利超商，每家門市都賣一樣的東西，宛如複製貼上，那麼其作用無非是家數多，消費方便，如此而已。因此就算如某些人呼籲政府出手，讓書店街風華再現，書店綴接成街，然後呢？會把愛書人吸納過來嗎？

有書就進，書來就擺，等顧客上門，這套傳統經營方式已經不適用於今世了。不管在哪裡，現在開書店都要有特色，或主題書店，或經營手法別出心裁，或店面頗具巧思，氣氛引人。不管在裝潢、空間、氣氛上改造，不管走複合式路線，或以演講展覽引來人潮，都要費盡思量。否則，就如我，書店三天兩頭跑，重慶南路書街幾乎不去了，即使行經重慶南路書街，書店也過而不入，只往台大書圈跑。

台大書圈，有個名詞「溫羅汀」，是溫州街、羅斯福路與汀州路的簡稱，我嫌這名字不好聽，沒有在地親切感，我稱它為「台大書圈」。讓重慶南路書街光環褪色的，不是房租、交通、商圈屬性等因素而已。

天龍國的六十九元書店

回想起來，在重慶南路書街瞎混，足印留駐最多的，好像不是三民、商務或金石堂，而是天龍，原因單純：書價便宜。

本來書店賣書，打折不打折、打多少折是書店自己的事，要不要薄利多銷，書店自己決定。出版者、經銷商按照一向的規矩進貨。早期金石堂、誠品是不打折的，小書店裝潢、服務比不過連鎖書店，就以打折、便宜取勝，一般打個九到九五折就很了不起。印象中折扣較大的是水準和天龍。水準在八德路，天龍在重慶南路。

薄利無非是為了多銷。能夠厚利而多銷豈不更好？但一本書從出版社到中間商，環環相扣，到下游書店，利潤就薄了。一般書店，哪有能耐壓低進書成本？一般書店進書，依循「出版社／總經銷商／地區中盤／書店」的管道，總經銷商從出版社進貨，折扣是定價的五折到五五折，中盤是六三折，書店七折。可以想見，不打折，三百元的書，賣出一本，還能賺九十元，打到七九折，就只賺廿七元，薄利到沒什麼利了。但七九折已經是現在讀者胃口被養大後的新書售價。

不是每家小書店都不打折，政大、水準、唐山等，都以相當於或更低於網路書店的價格販售。因為地利之便，我買新書，就在這幾家，少網購。而在早期，重慶南路還是書街的時代，最感謝的就是天龍書店。書不少，便宜賣。老闆善於吆喝，有一次還大喊：「鄭愁予，雪的可能。」這是我生平首聞以現代詩集來促銷的書店，雖然可能只有那一兩聲。

天龍書店是異數，是話題很多的書店。不是因為書店本身，而是老闆。老闆沈榮裕，精力無限，鬥志高昂，是書店界的鬥魂。經營天龍書店幾年之後，他突然開起六十九元書店，且遍地開花，到處插旗，一時多少分店，捲起千堆雪。

據說當年沈榮裕的天龍、風雲書局，慘遭納莉風災水患，沈榮裕開設六十九元平價書店，將泡水書、庫存書俗俗賣，並把書店退回出版社的舊書整批切貨販賣，低價制勝，賺了錢，山寨版六十九元書店遂如雨後春筍一一冒出，但都曇花一現。本尊後來也收山了。只是那股旋風，書迷津津樂道，至今網路仍搜得相關報導。

天龍書店讓我印象深刻的，不但是一落一落運進來，來不及上架的新書，以及老闆的促銷喊叫聲，另有一份難忘卻不快的記憶，是門前一家書報攤。

那天走過，發現一本詩刊，是《台灣詩季刊》第四期。第一次知道有這本詩刊，我一見鍾情，迷上它素雅的樣子，以及刊錄的詩作。我已決定購買，這時瞧見攤子上還有前一期。要不要順道買下呢？我拿起來，翻目錄，瞄內文，正盤算間，老闆突然把兩本詩刊從我手中搶下。

驚愕了一兩秒，我恍然大悟，也許一般人在書報攤取了就結帳，不像我逗留翻看。老闆以為我看白書。我說要買，他說不賣。我生氣，回說，這雜誌你不賣給我擺著也沒人買。「甘安捏？」一臉邪氣的老闆以不屑神情說。我只好走人。

那凶惡的嘴角、那粗率的動作，事隔幾十年我還記得，可見幼稚心靈受傷之重。話說林佛兒籌辦的《台灣詩季刊》是我今生最喜歡的詩刊。我後來在別的書攤買到，發誓每期都要投稿。下一期果然登了兩首拙作，但它隨後竟停刊了。

書報攤、詩刊如今俱往矣，而天龍書店還在，專賣簡體字書和電腦用書，不再以折扣取勝。折扣戰打不起來了，畢竟怎麼玩也玩不過網路書店。

玩得過網路書店折扣戰的書店恐怕只有曾大福的水準書局吧。但上網買書之方便，實體書店無與爭鋒。只不過網路書店近年被指控為扼殺獨立書店的兇手。網路書店以各種折扣方案促銷商品，除了常態性的新書七九折，還推出每日一書六六折，或不定期舉辦網上書展，七折、六折、五折，不等。以前不打折的金石堂、誠品等大型連鎖書店被迫跟進。他們並非薄利多銷（反而是多銷而不薄利），而是要上游的出版社配合降低進貨價格。大型連鎖書店與網路書店繞過中盤商，直接跟出版社往來，四五或五折就拿到書了（且時間更早），而獨立書店的進貨折扣卻達七折左右。

消費者撿到便宜，領版稅的作者卻成為祭品。有些出版社算盤打得精，覺得按定價給版稅便虧大了，既然不敢拒絕大型書店的折扣要求，最好下手的，就是創作成本。

在此之前，較具規模的出版社的版稅給付公式大致如此：定價乘以百分之十再乘以印刷本數等於版稅。曾幾何時，變了，減了，「印刷本數」改為「實售本數」，接著，「定價」改為「售價」。「印刷本數」改為「實售本數」，情有可原，按「印刷本數」計算，本來就是佛心來的，這意謂書一印，就給錢，賣不掉，自行吸收，這出版社太大方了。「定價」改為「售價」就傷感情了。

創作者便這樣被剝一層皮，再被馬政府「二代健保補充保費」這項苛政剝第二層皮。皮之不存毛將焉附？這都是折扣戰惹的禍。嗚呼。

幸好我當讀者的時候多，當作者的機會少，除了力挺某些獨立書店，依定價買書之外，一般能省則省。講到這裡，就分外懷念政大書城了。

逛書店，是逛書還是逛店？

每次散步走往台大書圈，都會經過政大書城師大店與台大店。不料滄海桑田，兩家先後結束營業，想起不勝唏噓。

多年前，師大商圈爭議不斷，政大書城師大店撤離，頗具特色的飲食、咖啡店、音樂表演場所此後一一遷移或歇業，代之而起小隔間的服裝店林立，而人潮依舊洶湧喧囂如海嘯。物換星移，我也漸漸淡出師大商圈，不再信步閒逛，東瞧西晃。雖然只是一家書店，鎮在蜿蜒的師大路中間點，像高速公路休息站，是轉運站，約會中繼點，是吃喝玩樂後沉澱的場域。

自從它缺了空，宛如蛀牙拔掉沒補上，每次經過，就覺得怪。沒想到台大店也隨後關閉，台北從此沒有政大書城了。

政大書城的書其實不好找，它依出版社分類。這是金石堂書店早期書籍陳列的特色。金石堂各分店一進入，就會看到遠流、皇冠、時報等，實力雄厚，和書店業務搭配密切的出版社專櫃，其他如志文、遠景等，只能依主題零散上架。這當然是奇怪的排列，好比你要買《柏楊版資治通鑑》，不能到歷史類的櫃子，它在「遠流」櫃。

政大分類完全承繼金石堂。在台大店，繞過新書區，圓神、大塊、遠流、時報，佇立在中間，靠牆是天下、城邦、皇冠。往裡拐，規模較小的出版社，公家窩在公寓式的書櫃裡。書店沒有「華文小說」、「翻譯小說」、「企業經營」這種類別。如果腦子裡沒有書目，要找特定的書並不容易。但我早期常逛金石堂習慣了，在政大書城，熟門熟路，找書很快。

據報導，政大書城創辦人李銘輝的理想書店，除了空間寬廣，也要對「附近方圓五公里都有影響」。但台大店位於公館，書店多，收掉影響不大。這個說法是實情。附近書店密度之高，十分罕見。這裡是書圈，不是書街。書圈的樂趣大於書街。

我常逛的台大書圈，除了街巷書店，還有偌大而處處皆有情的台大校園，每每引我流連忘返。這一帶，也是機能健全的生活圈，吃喝玩樂，熱鬧繽紛，然而小資本經營的人文獨立書店和咖啡廳、音樂據點，散立密布，穿巷過弄，一家又一家，店不起眼，沒做功課的人，要尋幽訪勝，恐怕錯過居多。

這樣的人文底蘊，豈是重南書街所能相比？是以我常講，很多消失的事物，雖然懷念，但是，你記得也好，也可以忘掉。有了新歡，何需舊愛？

台大一帶，除了誠品、金石堂等連鎖書店，絕大部分是獨立書店。我最常逛的，包括唐山、台灣e店、晶晶，以及茉莉、永樂座、胡思、古今書廊等二手書店，若水堂、山外、明目、秋水堂等簡體字書店。這類小而美的獨立書店，個性鮮明，定位清楚，進書選書，店主親自操盤，他對進出的書有概念，有感情，顧客和主人，顧客和顧客之間，很容易變成朋友。

獨立書店，最值得一提的，是唐山、明目、結構群、水準、古今書廊、山外、南天這種書店，沒有裝潢，不兼賣咖啡輕食，書店就是書店，就像TXT純文字檔，沒有浪漫的空間，文青來此不會幻想撞到美遇見愛情，它們只是賣書的地方，從販賣行為延伸出來的，是精神氣質，是店主選書與經營方向決定出來的樣貌。果真是往來無白丁，談笑有鴻儒。一般人沒興趣對店面拍照，遑論取景拍婚紗。

是的，一點也不浪漫。從店主這一端來看也是一樣。東海書苑負責人廖英良說得實在：「開書店就是希望以賣書來餬口謀生，至於形象、風格，我不清楚那是誰塑造的，鬼曉得哪來的自覺浪漫的情懷。」

在〈關於採訪這回事，以及見鬼的書店觀光〉一文（收於《沒有獨立書店意識的年代》），廖英良怨道，逛書店已成為「老少文青追逐的時髦遊戲」，更常有人拿著相機，店裡店外拍個不停，拍完走人，書不看不買。也有學生來電要求採訪。問他以前來過本店沒有？呵呵沒有，但如果你答應受訪我們就去。

難怪台南草祭二手書店，激憤不平，祭出一百元辦會員卡才可入店參觀的激烈手段。這是店主對於書店淪為觀光景點的不悅。人氣，只會讓人生氣。

逛書店，是逛書還是逛店？兩者兼有最好，但我只會看書、找書、買書，我是不解風情的現實主義者。

若問愛逛書店的我，會不會擔心有朝一日書店全面消失，或紙本書成為過去式？這就像杞憂世界末日彗星撞地球一樣，不必擔無謂的心。至少有生之年不會看到。書店不死，只是逐漸凋零。書店群落，雖然家數逐年遞減，看似群體失落，卻又以另一種群落形態生存著。

看生猛有力的出版人如何飛踢醜哭變成白鼻毛

應該鼓勵出版人談談出版這一行，或親筆撰文，或口述歷史。這比什麼書話都好看。出版人多的是著作等身的作家，提筆談出版本業的卻不多。負責人如林海音（純文學）、蔡文甫（九歌）、姚宜瑛（大地）、梅遜（大江）、林佛兒（林白）、陳雨航（一方）、焦桐（二魚）、郝明義（大塊），社方高層如初安民（印刻）、東年（聯經），不勝枚舉，都能寫，但不愛說出版事。詹宏志（遠流、城邦）雖有零星散論，但以趨勢前瞻為主，周浩正（遠流）寫編輯心法，則著重於編輯實務與企畫發想。

願意執筆談論且數量可觀的，要算是隱地了。

隱地是出版人，也是作家、編輯，相關論述散見各書，其中一本《我的書名就叫書》，整部內容以出版事務為主，副題或可以定為「認識出版這一行」。從〈一本書的誕生〉開始，隱地便把作品完成後從編排、撿字、補字、排版、打樣、校對、付印、裝訂等八個出版流程，略為交代，其餘各篇也冠以賣書、出書、切書、送書、搬書、退書等標題，把出版界不為人知的一面，一一細述。

兩年後，隱地又推出《出版心事：一個出版工作者的沉思》。這本書的母體是《誰來幫助我》，經過增刪，改頭換面，主題集中於出版話題。不同於《我的書名就叫書》，《出版心事》以散文筆法，從「爾雅出版社經營者」的角度發抒，讓讀者更深一層了解出版的眾多面向。

出版業是很特殊的行業，從產品製作、銷售、宣傳到消費行為，都迥異於一般民生產業，其中的複雜生態，除非業者或特別注意的人才會明瞭。

比方說，我們去超市買衛生紙，想買的舒潔牌缺貨，可能改買五月花回家，但文化產品不會這樣，它有不可替代的特性：吳念真的書買不到，會想換吳淡如的嗎？反正作者都姓吳？不會的。同樣的，唱片行老闆也不會告訴你，你要的林志炫ＣＤ最近歌手火紅沒貨了，你改買楊宗緯的好不好？

因此，在超市，商品逢缺便補。在書店可沒那麼簡單，商品進不進，補不補，學問大得很。如果不懂裡頭的眉眉角角，或許就會像某些評論者，看到書店新書平台怎麼都是他所不屑的類型書籍，就開罵台灣是文化沙漠。其實所要的書有沒有？可能有，在架子上，不在平台。

同理，一本書在書店遍尋不著，不見得絕版了，而是賣相不佳，被連鎖書店電腦系統標註為黑名單，永不錄用不進貨，這時向出版社打聽便可以了，別忙著到舊書拍賣場下標。

隱地之後，蘇拾平（遠流、麥田、大雁）出版過《文化創意產業的思考技術——我的一二〇道出版經營練習題》，但屬於專業論說，比較嚴肅，少了散文的親切。陳夏民的《飛踢，醜哭，白鼻毛：第一次開出版社就大賣——騙你的》以輕鬆有趣的散文筆法，寫創業過程的百般滋味，便顯得彌足珍貴。

陳夏民創辦的「逗點文創結社」是獨立出版社。獨立出版社不一定苦哈哈，旗下作者有彎彎、宅女小紅的「自轉星球」，以及出版議題扣合社會話題的「雅言」，都有不凡成績。奇的是，「逗點」走文學路線，且主打小眾中的小眾的現代詩集，甚至創業之初以詩集連發之姿強推猛攻，讓人捏把冷汗，深怕陳夏民出師陣亡，也不禁懷疑他是否家裡開銀行，否則怎麼撐得住？我懷抱好奇，想找答案，翻遍全書好像沒明寫，出版的酸甜苦辣倒寫了不少，活潑生動，讀者多少因此明白出版業的特殊狀況——書，不是印刷好送上書店，坐等收錢那麼簡單。

陳夏民不愧是年輕人，語言鮮活，筆下盡是年輕語彙，結合網路的行銷方式都和前述隱地時代不同，世代交替的特性由此顯現。隱地因為文學出版市場萎縮而不時長吁短嘆，反之陳夏民熱血熱情衝衝衝，可能和個性與時代背景有關，非關代溝。

作家事

・快筆倪匡

倪匡以前每天寫兩萬多字。速度之快，華人第一。詹宏志講了一段話證明倪匡的寫作速度：「他那本有關閱讀金庸的書，上飛機時開始寫，下飛機時就寫好了。……而且不是香港飛美國，是香港飛台灣。」

・早鳥詹宏志

作家熬夜者多，晨型人也不少。早鳥作家代表首推詹宏志。幾十年來，一天只睡四小時餘。詹宏志說：「每天睡至四點鐘，我就醒了。……我特別喜歡早上工作，就是四點到八點鐘這段時間，做著做著，天就亮了，是漸入佳境的（不像晚上熬夜，是漸入困境），有一種開展中的狀態。」真的，天一黑漸入睏境／困境，是生命漸漸逝去的感覺，而早上是新的世界正在展開。

・藏書家的劫後餘書

藏書家唐弢文革期間藏書遭劫。劫後餘生，想把餘書擺攤販售糊口，幾位書友聽說後，異口同聲表示：「你擺書攤，我第一個光顧。」唐弢聽聞，毛骨悚然。本為好事，為何驚懼？與書依依難捨之矛盾心情不難想見。就像送孩子給別人養一樣，那是連續劇《星星知我心》描述的心情。

·直木三十一二三（四）五

為紀念早逝的作家芥川龍之介和直木三十五，菊池寬設芥川獎和直木獎。直木三十五，本名植村宗一，三十一歲時取筆名直木三十一，以後每增一歲，名字數字跟著加，三十四因發音不祥，跳過；到三十五歲後，就不再改了，因此後人稱他直木三十五。若依約逐年改名，他就會永遠叫做直木四十三，因為他於此年病故。筆名可以隨意改，不受戶籍法所限，但一般不會輕易改動，畢竟名氣是需要累積的。台灣影評人李幼新，改名為李幼鸚鵡鵪鶉。姓名若可以一直換，李影評人不妨讓所有的鳥類輪替，李幼貓頭鷹雀、李幼鷺鷥藍鵲……，這個好玩。

·周夢蝶的每一顆米

周夢蝶吃飯很慢，他說不這樣，就領略不出這一顆米和另一顆不同的味道。這段文壇嘉言錄出自林清玄筆下（《迷路的雲．武昌街的小調》）。林清玄寫道：「這話從別的詩人口中出來不免矯情，但由周夢蝶來說，就自然而令人動容。」

林清玄形容周夢蝶在武昌街，是以坐在高山的姿勢坐在那裡。「有時候我覺得他整個人是月光鑄成的，在陽光下幽柔而清冷。」

．麵包詩人與光影詩人

記者稱麵包師傅吳寶春為麵包詩人：「平常話少容易害羞的他，一談起麵包，像個詩人，形容的美味讓空氣中頓時充滿香甜氣味。他說，米釀荔香麵包像幅字，小米像墨汁，荔枝香是充滿力與美的頓處，花香則是優雅的筆尾，細嚼慢嘗，麵包不只有生命，也有層次與深度。」

不知道這是原話實錄，還是記者加工過的，的確很有詩意。豈只治大國若烹小鮮，寫詩也可以像做麵包。

不一定寫詩才有資格稱為詩人，李屏賓被譽稱為「光影詩人」，便很貼切。他可能不曾寫過一句詩，但他用攝影機表現來的詩意，比詩人還像詩人，所謂「不著一字，盡得風流」，也很適用於他身上吧。大師的電影膠卷，是年輪，是同心圓，一圈圈記述著生命的印記，我們用眼睛看到多少動人的電影，其實是透過他的眼睛看到的。

・鄭愁予的達達響聲

說情詩寫得美美的鄭愁予，是最殺風景最會殺死浪漫的詩人，一點也不為過。幾年前他自爆〈錯誤〉、〈小小的島〉不是情詩。

〈錯誤〉是幼時戰亂逃難的記憶。他說，五歲時跟媽媽從南京逃回北京，原本坐火車，但橋被日軍炸斷，只好下車步行。在一個南方小鎮裡，聽到背後馬車拉著砲、馬蹄踏在青石板上的達達響聲，在他年幼心中，留下難忘的記憶。而〈小小的島〉則是「白色恐怖時期，一位參加左傾讀書會的好友，由於藏有魯迅等一九三〇年代作家的禁書，在一次與鄭愁予對弈時遭逮捕，送去當時羈押犯人的火燒島囚禁。這件事讓詩人滿懷思念與愧歉，為了避免送信過程中被查扣，將問候之語寫作愛戀中的歌詠」。〈小小的島〉就是為他而作。

詩人自解，對照詩句，卻不怎麼通。詩人為什麼要這樣說呢？也許詩作主題扣著政治、戰爭，比較偉大吧。

・亡靈幫三毛寫作

聽說三毛從馬賽爾演講集《人性尊嚴的存在背景》學會「自動書寫」。但她的自動書寫不是文學理論提到的自動書寫，比較接近於靈媒和靈界的溝通方式。亡靈透過她的手和筆傳遞意旨。較玄奇的是，她筆下會出現她並不會的外國文字，就像乩童口中念念有詞，念的卻是外國話，那是所要連繫的亡魂所使用的語言。眭澔平曾在電視節目裡展示三毛這份自動書寫文件，十分詭異。

・卜洛克：詩人阿達阿達

卜洛克推理小說《把泰德威廉斯交易的賊》裡頭有個角色，是一名詩派治療師，主角羅登拔說：「她的職業就是幫助感情受創的人，教他們藉由寫詩表達內心的感覺。」但接著羅登拔尖酸說道：「這一來誰也不會曉得他們『阿達』，他們只要把自己當做詩人就好。」

顯然在羅登拔的意識裡，或者創造這部小說的卜洛克，認為詩人和瘋子、頭腦壞掉者（阿達阿達）一線之隔。

根據不科學的統計，小說家、導演、散文和隨筆作家，瘋子不多，或許是因為這些創作形式需要完整敘述，與人溝通，形成對話，不像音樂、畫家、詩人，靈光一閃，憑一種意念、感覺，就可以創造出好作品，因此即使「空空肖肖」也可以辦到，頭腦怪怪的或許更有助於他們創作。不知道醫學界有沒有做過詩人腦波實驗，證明詩人和阿達的緊密關係。

・楊逵筆名由來

一般說法，楊逵筆名的由來，是因為他仰慕《水滸傳》李逵的俠義作風。然而確切的緣由是，楊逵當年投稿時以「楊達」為筆名，編輯的賴和大筆一揮，改為「楊逵」。改名原因，楊逵不曾問過，不知道是賴和認為「達」是「逵」的筆誤，或以為「逵」字比較好。楊逵從「逵」字連想到李逵，從此以楊逵為筆名，也以筆名行世，他的本名楊貴，反而少有人知。而楊逵本人也不喜歡本名楊貴，問題出在「貴」字。本來就不喜歡「貴」字，後來知道有「楊貴妃」此一號人物而稍為釋懷，但再知道楊貴妃的人生結局後，益加厭惡「楊貴」之名，於是以筆名楊逵行世，也就順理成章了。但編輯改人家筆名，實在不該。

・臭屁溫瑞安

古典詩詞最臭屁的一句，是辛棄疾的「不恨古人吾不見，恨古人不見吾狂耳」；現代詩裡最狂妄的，則出自溫瑞安：「這首詩我不停而寫／才氣你究竟什麼時候才斷絕。」

・激韓寒

像韓寒這種又紅，又富爭議，且在中國開博客的作家，譽之所至謗亦隨之是自然不過的了。如何處理白目留言、惡性批評？據說，韓寒每天收到五千條攻擊留言，他不僅不刪，還經常把罵得最精彩的回應精選出來，貼在博客，賓主共賞。這不是正常人的行徑，也不是古今聖賢所能達到的境界，可能有點ＳＭ的快感，進／退化到薩德的等級。

九把刀更強，他當導演時，別人用懷疑看待。「對我來說，被別人看不起時會升起一股熱血，我很享受這樣的感覺，因為已經很久沒有了。」他目前還在享受輕蔑眼光帶來的被虐快感。

這真的是人格特質。激將法對好強者有效，能激發鬥志、開發潛能。而弱者一激就倒。

．卜洛克的賊

勞倫斯．卜洛克的雅賊系列，主角當然是個賊。在北加州一場簽書會，一位女士問他怎麼對竊賊的行事知道得那麼多。有人就問她，怎麼知道卜洛克寫偷竊寫得對不對。女士說，十五年前她行竊為生。布洛克說，這件事讓他很高興。

．西西雙態

〈壓縮〉

該來學西西的濃縮筆法。西西一向不放太多情感，不用排比句法，不用驚嘆語詞，形容詞少，連接詞略，過場乾淨俐落，直接切換，字詞用在融合龐雜知識，以壓縮檔的格式行文。讀者倘若有心，為之注解釋典，就成為解壓縮後的資料庫。如《拼圖遊戲》，短文配圖，西西常用的寫作形式，區區幾百字，綿綿密密多少資料，筆端事物如卷軸，細細一捲，拉開赫然一片江山；又如數十食材熬煮出來一碗湯汁，不是行家不識好料。

〈擴張〉

西西學識淵博，貫通中西，平素引經據典，西學為多，但論起中國文史毫不含糊。《印刻》雜誌一篇文章，以電影《赤壁》一張孔明、周瑜各就其位的劇照為本，審其坐姿、觀其服儀，詮釋其所流露的肢體語言和性格密碼，並為几上食器道具一一點擊，解說其典故由來。西西多聞廣見，無事不好奇，無書不過眼，勇於嘗新。他是那種一花一世界、一沙一宇宙，一粒沙，一朵花，可以端詳半天的人。

‧馬奎斯與笑傲江湖

兩位年輕音樂家發現，巴托克的《第三號鋼琴協奏曲》和《獨裁者的秋天》非常相似。馬奎斯聞之大驚，是的，他承認，寫這部小說時，反覆播放的就是這首協奏曲。「因為它為我創造出非常特殊而罕見的心理狀態。」

兩位音樂家太神了，是馬奎斯的……以前叫「高山流水」，現在叫「笑傲江湖」的知音。馬奎斯自傳又提到，寫《百年孤寂》時他常聽德布西的《序曲集》與披頭四的《辛苦了一天的晚上》，因為當時他窮得只買得起這兩張唱片。

・狐狸作家

瓜地馬拉小說家奧古斯都・蒙特羅梭有篇寓言故事〈最聰明的狐狸〉，說狐狸寫了兩部成功作品之後封筆，很多人勸他續寫，他答：「我已經出版了兩本書啊！」人家說：「是啊，而且非常成功，所以你應該再多寫一本啊。」狐狸不想多說，他清楚，這些人其實是想看他出糗，等他出一本失敗的作品。他如此聰明，怎麼可能上當？

聯想到職棒比賽，有時打擊率或自責分率領先群倫的打者或投手，只要保持現有成績，就可得到年度獎項，這時他們往往最後一場不出賽，以免失手被後來者居上。這是球場，和寫作場域不一樣。狐狸這個例子，很明顯的，他已經沒有書寫的欲望了，沒有什麼特別想寫或不想寫的企圖，只想保有令名，寫作成為為別人而作的事了。為他人寫作，正是寫作者最大的忌諱。

・大量生產，快速周轉

李煒寫道，某年他在上海開專欄，卻百般推拖，下筆維艱。他媽媽曹又方把脈出他的症頭，就是想寫作卻不肯投入，不肯做任何犧牲。她以曾經同時寫十三個專欄的經驗傳授祕訣：

・每次寫作時都在下次可以輕輕鬆鬆順著脈絡往下寫的地方停筆。

・不要在一篇文章裡把所有針對一個題目可以說的話都說完。

李煒嘆道，以上所說，的確是筆耕者的無上法寶，卻也使作品藝術價值大幅下降。

曹又方深得專業寫作三昧，除了題材通俗、筆法親和，作家也要通曉一些技巧，如前揭露兩點。

大量生產，快速周轉，是賣文為生者不得不的犧牲。現在提到曹又方，吾人想到的，除其美艷韻事，就是心靈、兩性等著作，忘了蘇玄玄時代她的文學作品。

・吳晟是吳勝或吳成？

台灣有個職棒投手王躍霖，中間那字念「越」，不過主播一概念成「耀」。很多人開閉口都是跳耀、耀過，作為人名時，自然也被念成「耀」。依經驗，如果從小就被念錯，大概只好從俗，否則對方聽不懂，反問你是誰啊？

我想起詩人敻虹。敻，音ㄒㄩㄥˋ，他爸爸或其他長輩為她取名時不會不知道，她一定也知道。我第一次碰到這字，查了字典，知道讀音，後來聽余光中演講提到敻虹，他稱瓊虹。那時敻虹已有名氣，和詩壇應有來往，如果她打電話給余光中說：我是ㄒㄩㄥˋ虹，余光中可能問，誰啊？或者余光中事後發現念錯了，會不會覺得：你是來糾正我的嗎？

當然這些是我的胡思亂想。當兵時常用到「狙擊」這詞，班長們一概念成「阻擊」，我明知道是「拘」，也不敢拘，只能昧著良心跟著阻擊。形勢比人強，不敢堅持正確讀音。

也許本尊念自己名字什麼音，大家便得念什麼。吳晟有文，招認很不好意思，「晟」字自己一直念「勝」。

晟字有兩個音：勝，成。吳晟本名吳勝雄，用吳晟，晟音「勝」，貼合本名，本來沒問題，但是，吳晟大作選入課本之後造成國文老師困擾，他說：「民間版國文讀本，有的注音ㄕㄥˋ，有的注音ㄔㄥˊ；聽說教育部曾廢除語音、讀音，訂定統一標準音，晟的標準音是ㄔㄥˊ。我開始留意到，凡是以晟為名，無論是人名、或常看到的店名、工廠招牌，都念ㄔㄥˊ。問老闆，台語音也念ㄔㄥˊ。」

於是吳晟繼續吳勝，以前有個警官孔令晟，就念孔令成。覃（音秦）子豪、尉（音玉）天驄，就不能念錯了。

・林語堂邋鞦韆

林語堂，在鍾理和眼中，竟如此不堪：「我讀過林語堂的《吾國吾民》《啼笑皆非》及目下在讀第二遍的《生活的藝術》而深深地覺得林語堂便是這樣的一種人，這種人似乎常有錯覺，當看見人家上吊的時候，便以為那是在邋鞦韆。」（見《鍾理和日記》）

鍾理和被退稿之慘烈，在台灣文壇大概可以排前幾名。他的牢騷只能在信件、日記或心裡發抒，看到比自己爛的文字都化為鉛字，心裡之幹意，我想投稿無門的小咖作家都可體會。致陳火泉信中，鍾理和說：「現在寫好作品後，每每有無處投稿之感。說到那些雜誌，那幾乎是某幾個人的園地，外人是很難打進去的。」

・直目賞房慧真

在誠品，參加《小塵埃》座談會，我早到，坐第一排邊境，想待會房慧真來了，點個頭。

有熟人在，她會比較不緊張吧。

來了，和駱以軍。

房慧真坐下來，眼光沒掃過來，起初沒有，中途沒有，一直到結束都沒有。不是沒照過來，而是從頭到尾，羞怯的她，目光都直直不動，盯著前方某個點，像她筆下出現過幾次的侯孝賢，長鏡頭，一鏡到底。

很有精神的眼神，專注而單純。

我因為害羞，和人交談不太敢四目交接，與房慧真例外。她的眼神銳利卻不尖銳，有一種柔焦，清澈透明，不必閃躲。

．陳列很慢

陳列寫稿，很慢．很．慢．很……慢。他說或許曾以文字惹禍，白色恐怖陰影猶在，潛意識裡，面對白紙黑字，戰戰兢兢。我說不會吧，有些坐過政治黑牢的作家下筆飛快啊。我想是因為嚴謹，一種敬畏天地般看重文字，因此每個字寫出來都很重，一字一字像刻出來的，渾厚，實在，就像他的身形、筆跡與聲音，寬實穩定，是王建民巔峰時期「重得像保齡球」的快速下沉球，是吃土很深的樹。磨筆不知幾年，陳列終於出版《躊躇之歌》、《人間·印象》。

·蝸牛粉絲

很多作家愛動物，愛蝸牛成痴的，首推派翠西亞·海史密斯，《天才雷普利》的作者。她在市場偶見兩隻蝸牛如膠似漆黏在一起，內心感到一種平靜，自此迷上蝸牛。後來在花園養了三百隻蝸牛，還會帶著蝸牛、萵苣出門。移民法國時，走私夾帶，左右胸懷各藏數隻蝸牛入境。（放在胸罩裡吧？不會癢嗎？）

不愛蝸牛，喜歡牛的是葛楚·史坦。

葛楚·史坦喜歡戶外寫作，像寫生一樣，和伴侶愛麗絲·托克斯勒開車到郊外，尋到有石塊、牛隻的地方寫作。愛麗絲·托克斯勒有時候還得把牛趕到葛楚·史坦的視線內。不是有牛就可以，如果看不中意，她們開車另外找牛。以上從《創作者的日常生活》看來的。

．別再摸我大腿

董橋書上看來的：英國有位教師，喜歡空談理論，一天對學生談論短篇小說的「五大標準」，第一要簡潔，第二要有宗教意識，第三要有男女私情，第四要反映社會，第五要描寫人類矜持高貴的操守。某同學依照這標準寫了一篇短篇小說，請老師批改，老師翻開一看，小說全文只有一行——

「我的天。」公爵夫人說：「別再摸我大腿了好不好！」

・文壇大小

作家成名前，文壇很大，大如江海；

作家成名後，文壇很小，小如溝渠。

在江海裡，可以批評說真話；

在溝渠裡，只能應酬說好話。

・果子離與果子狸

第一次看到有人捧腹大笑。來者快遞先生，電梯走出，一看到我，確定我是收件人之後，捧著微凸的肚子，哇哈哈笑出來：「哪有人名叫做𪜶仔（台語果子狸）的？」

也有人不開心，不久前郵差樓下摁門鈴：「你那邊有沒有一個人叫果子離的？」「有啊。」「你有沒有他的印章？」「沒有耶，我可以領嗎？」「可以啦，但你要叫對方寫人的名字啦。」

我下樓去，郵差皺眉，問這人是我還是小孩，我騙說這是我孩子，在網路上玩用的名字。郵差說：「萬一你家沒人，我退到郵局，你們沒這名字的印章、身分證，永遠領不出來。還好我們認識很久，我才讓你領。」

（按：狸貓是 lî-bâ，果子狸是 kué-tsí-bâ/ké-tsí-bâ，二者不同。但 bâ 我不會寫成漢字，只好用麻，音略有差。貓，niau 另讀 bâ，但我若寫貓，一般不會想到 bâ，所以還是直接用 bâ 比較妥。）

傳奇書單對談

果子離×瞿欣怡×陳夏民

Appendix 1

果子離閱讀的小徑與大路，除了書裡所收錄之外，還有哪些可供我們一同踏上旅程漫遊呢？因為這個疑問，才有這兩場跨世代的對談，邀請作家瞿欣怡（小貓）和出版人陳夏民與果子離深度分享各自的傳奇書單，揭開不同時代與世代中，閱讀的風貌。

果子離X瞿欣怡 的傳奇書單對談

時間：二〇一六年四月二十五日
對談人：果子離、瞿欣怡
主持人：陳蕙慧

瞿欣怡的傳奇書單

紅樓夢／曹雪芹
鄰家女孩／安達充
妙手小廚師／寺澤大介
蒙馬特遺書／邱妙津
年度星座運勢／唐立淇
天涯海角—福爾摩沙抒情誌／簡媜
複眼人／吳明益
賴和文集
地海系列／娥蘇拉．勒瑰恩
精靈之屋／阿言德
美麗新世界／赫胥黎
徬徨少年時／赫曼．赫塞
昨日世界／褚威格

延伸閱讀

徬徨少年時

三國演義

想了解更多書籍資訊，請掃瞄 QRcode

果子離的傳奇書單

拒絕聯考的小子／吳祥輝
無敵金龍／中華日報編印
我夫李小龍／琳達
台灣新電影／焦雄屏編著
大大自然健康食譜／雷久南
帶子狼／小池一夫、小島剛夕
獨白下的傳統／李敖
2002／隱地
五年級同學會／mimiko、greg、turtle、果子離、達爾文、漂浪
趨勢索隱／詹宏志

白玉苦瓜／余光中
漂鳥的故鄉／劉克襄
鄭愁予詩選集
山河錄／溫瑞安
唐詩三百首
徐志摩全集

百年孤寂／馬奎斯
蛹之生／小野
溫一壺月光下酒／林清玄
山風海雨／楊牧
小王子／安東尼．聖修伯里
臺北人／白先勇
單車失竊記／吳明益
射鵰英雄傳／金庸
多情劍客無情劍／古龍
八百萬種死法／卜洛克
彩雲飛／瓊瑤
人生中不可不想的事／克里希那穆提
六祖壇經／惠能口說，法海集錄
三國演義／羅貫中
台灣總督府／黃昭堂
台灣人四百年史／史明

驚心動魄的邂逅

陳蕙慧（以下簡稱慧） 今天來跟果子離聊天的是正要投入出版業當編輯的小貓瞿欣怡。我發現兩位的書單有時代的差異性，兩位覺得呢？同時我也很好奇兩位從非常不同到相同的書單，先聽聽果子離對傳奇書單的定義。

果子離（以下簡稱果） 我對傳奇書單的定義是這些書深深影響了我，啟蒙了我，或者陪伴了我後來的歲月，可能是在我每個人生階段或不同的面向喜歡，而且經常反覆閱讀的書，也有些書是我最早接觸到的領域中的第一本，有點像是初戀，儘管現在已經不在一起，但是有特別的意義。我以這些為標準來挑書。

慧 的確，我們一般說「傳奇」指的是歷史紀錄，或者驚心動魄的邂逅。那小貓呢？

瞿欣怡（以下簡稱瞿） 我選擇的也是我人生的第一次，具有初戀感的書。初戀的書跟初戀的人不一樣，書可以一直跟我們在一起，我的傳奇書單大部分都是我十八歲或高中時期看的書，就像《流浪者之歌》，我一直到現在都還留著。有些書後來不看了會賣掉，但是文學書和詩集基本上就算不看也不會賣。

慧 果子離的書單看起來是屬於雜食性閱讀動物，特別是《我夫李小龍》，為什麼選這本？

果 我是李小龍迷，這是我第一本讀的李小龍的書，他過世後由遺孀所寫的李小龍事蹟。我是他的粉絲，我買了所有李小龍的書，也因為他不會再有電影了，所以只能看有關他的書。

慧 瓊瑤的《彩雲飛》也是一本令人有點意外的書。

果 因為青少年時往往嚮往並想像著夢幻的愛情，所以我們透過看瓊瑤電影與小說找到幻想的空間，《彩雲飛》是我看的第一本瓊瑤小說。透過這本書，我想像自己在沙灘漫步，人都是在夢幻中成長的（嘆）。

漫畫傳奇書單

慧　小貓的書單裡有漫畫。可以談談《鄰家女孩》和《妙手小廚師》嗎？

瞿　我喜歡棒球也寫棒球，不過很少有喜歡的棒球主題的書，但我覺得一定要挑本與棒球相關的書，於是就挑了安達充！有天我駕車去採訪林智勝，當天的天空很像安達充漫畫中的畫面，我採訪完脫口說：「今天的天空真的超安達充的！」結果現場的大家一秒都聽懂我的意思。我看過安達充所有的漫畫，喜歡這套漫畫的程度是當時將整套漫畫二十六集買回家，對我影響很大。《妙手小廚師》也是小時候看的，當時對日本料理不了解，但是每次看了這本書就會多了解一點，這套漫畫等於是我了解日本料理的入門。

慧　果子離看漫畫嗎？

果　看啊，我剛剛發現我看過這套《鄰家女孩》。我因為出生年代的緣故，對於漫畫的喜愛受到大人的壓抑，所以我一直到很晚很晚，特別是到了網路時代看到很多人聊漫畫，才開始看起漫畫。

慧 我也是到了二十歲才光明正大地看漫畫，當時時報推出一系列的《惡女》與《家栽之人》，非常好看，我很喜歡。果子離來談談你選的漫畫《帶子狼》吧。

果 在我快三十歲時，有個在出版社工作的朋友拿這本書來給我看，這是我第一套從頭到尾看完的日本漫畫，算是我跟日本漫畫的第一次親密接觸，這本書曾拍成電影，由田村正和飾演主角，是一本暴力色情漫畫，我後來才慢慢接觸到文藝一點，如《夏子的酒》這樣的作品。之所以喜歡《夏子的酒》，是因為裡面都是有機種植的植物，所以我就想到也該將《大大自然健康食譜》列入，因為這是我第一次接觸到食療的書。我對食療很著迷，身體力行按照書裡說的做來吃，後來林林總總買了一百多種食療養生書來看，就是從雷久南的書開始的。

慧 小貓做菜，但是列傳奇書單時倒是沒有將食譜列入。

瞿 因為我列書單時被「傳奇」兩字卡住，我從大學就很愛做菜，當時買了各種食譜書照著做，例如《米食的料理》。雖然食譜也不會被認為是什麼偉大的書，我也無法將這本食譜書當成傳奇，但食譜是我每天都會用到的書。

慧 也就是說，果子離的食譜是為了健康的需求，小貓的食譜是為了生活的氣味。說到現在，我們的傳奇書單可說是生命中某個階段第一次接觸到的書，雖然中間可能中止，但有些始終流傳到現在，對現在的自己很重要。

影響自己生命的書

慧 果子離對於歷史小說向來有你的見地，但在這份傳奇書單中，你只選出了兩本歷史相關的書，分別是《台灣總督府》和《台灣人四百年史》，是否可談談這兩本書對你個人的意義。

果 我們這一代的人都是讀中國歷史長大的，我們不可能從小開始讀台灣史，可是到了生命某階段，會突然發現事實怎麼跟我們以前讀到的不一樣，於是可能才慢慢開始關心起台灣事，接觸台灣史。這兩本書是我讀了之後很喜歡，後來一讀再讀，可說是為我的歷史閱讀打了深厚的底。《台灣總督府》講的是日治時期的台灣。我對這時期的台灣史興趣特別濃，這本書是我最早熟讀的日本治台史，也是目前為止我認為脈絡最清楚的一本。至於史明的這本書，因為是通史性質，而且顛覆原來我對台灣史的印象，有啟蒙的意味。雖然書名的「四百年」，忽略了原住民，但史明自己也說因為原住民的史料他掌握得不多。

慧 果子離大學讀中文系，是因為興趣才對歷史發展出個人閱讀。小貓卻是讀歷史的？

瞿 是的，我是在大學時開始接觸到台灣鄉土論戰，當時因此被啟蒙，所以讀了《台灣鄉土論戰始末》，也因此讀了很多楊逵和賴和的書。我列出自己對台灣的認知的相關書籍時，想到的是簡媜《天涯海角——福爾摩沙抒情誌》，她用一種很文學氛圍的寫作方法，把台灣的故事寫下來。我是歷史系畢業的，讀了一些歷史的書，很少有像簡媜寫的這麼美。我一直覺得，文學寫作之美好，能讓我們更靠近歷史、靠近故事。

慧 後來回頭看，有哪些書是你二十歲時閱讀，而現在還有回應的？

瞿 赫胥黎的《美麗新世界》和赫曼．赫塞的《徬徨少年時》和《流浪者之歌》。先說《徬徨少年時》，故事內容我其實都忘了，卻深深記得一句話：「我只是嘗試過我想要的生活，為何如此艱難？」我十八歲時看到這句話感受到的是青春的感動。我再次看此書是三十幾歲，當時工作並不愉快，重看到這句話時，班也不上了，直接跑到咖啡館寫文章。我今年已經四十三歲了，當我再次讀到這句話時，又有了新的體會。十八歲時無法理解，以為自己可以超越，三十幾歲對於這句話的感受是：怎麼會這樣！但我現在覺得這句子說得真對，的確就是這樣。最近重看《流浪者之歌》，想到之前看蔡明亮的劇《玄奘》與唐美雲的戲《冥河幻想曲》，發現這三者講的同樣都是生命這件事。蔡明亮的戲說的是，人活著無非行走坐臥，生命流逝，時光流逝。《冥河幻想曲》講的則是死亡。我現在再看一次《流浪者之歌》，跟第一次看到時的衝擊是一樣的，這也讓我想著，那我到底有沒有長大？（笑）

叛逆與自我的探索

慧　我覺得有趣的是，你提到如果當時和現在的衝擊一致，那自己到底有沒有長大？我想先問問果子離有這樣的書嗎，現在重讀年輕時讀的書，內心還是有所回應。

果　我的衝擊不會像小貓這麼大的原因是，我一直沒有長大，我只是衰老而已。我青春期一直持續到現在，只是中間慢慢伴隨著身心靈的衰老。這樣的青春期當然跟青少年的青春期不一樣。所以我不太會找以前讀的書再讀一次做對照，因為想法應該都一樣。

慧　這可能表示你的本質一致，純真的本質始終一樣。

果　應該是說，我從小就是叛逆的人，我選的書很多都跟叛逆有關。《六祖壇經》跟傳統佛教精神不同，《人生中不可不想的事》是叛逆的，因為它完全不管佛教的束縛，《台灣總督府》是對中國史觀的叛逆，《台灣新電影》是對電影舊語法的叛逆，這些都是叛逆的書。李小龍是叛逆的，他與中國傳統武功格格不入，《趨勢索隱》的詹宏志是叛逆的，他始終走在時代的前端。我老了，理論上應該慢慢能接受很多社會的習俗禮儀，但我依然反對習俗，也無法勉強自己服從很多的社會禮儀。我不相信權威，反對傳統，反對習俗，我雖然很想改變這一點卻沒有辦法做到。（眾人鼓掌）

慧 按照果子離的說法，他的傳奇書單隱隱有一條叛逆的主軸，那小貓的主軸是什麼呢？

瞿 我的主軸是尋找自我、自我的完成與實踐。因為「我是誰」對我是很重要的問題。我從小就經常想著我是誰，思考自己生下來要完成的自我功課是什麼。這也是赫曼．赫塞的書打動我的原因。

慧 所以說小貓想追尋自我是基於對於存在的疑惑，想探索自己該做什麼樣的事情，以及自己所做的事情是否能完成自我。但果子離的叛逆是來自於自信，因為要對自己深信的東西有所執著才會叛逆。在你的閱讀中，有什麼書支撐著你的叛逆嗎？

果 《獨白下的傳統》這本書強化了我叛逆的基礎，讓我得到新想法，我是在大學時讀到這本書的，一讀之下非常驚豔，所以選這本書當成紀念。

西方的奇幻文學與東方的武俠小說

慧 剛剛小貓說自己的主軸是「我是誰」這件事。你的書單上，除了《徬徨少年時》和《美麗新世界》之外，還有沒有其他的書想談？

瞿 我選了《精靈之屋》和「地海系列」，因為性別意識在我人生中很重要，我列書單時也發現女性作家對我影響很大，例如娥蘇拉．勒瑰恩的「地海系列」，這其實是非常具有女性主義色彩的奇幻作品。另一本是阿言德的《精靈之屋》，裡頭的主角都是女生，個性設定很酷，全都具有強大能量。

慧　小貓的《精靈之屋》有點魔幻，《哈利波特》則是架空的奇幻小說，果子離是否可來談談東方的武俠小說？

果　我一直到年紀很大之後才開始看武俠小說，因為當時的社會氣氛並不鼓勵閱讀類型文學。我開始看起武俠小說是因為它後來開始在副刊連載，等於取得了社會的認可，我才開始好奇並閱讀。不久後便在重慶南路書報攤上買了《射鵰英雄傳》，這是我第一部看完的金庸小說。我想，在金庸的全部作品中，會喜歡《射鵰英雄傳》到將它排在第一名的人應該不多吧，就因為這是我接觸到的第一本武俠小說。

慧　古龍的作品也很多，為什麼特別選《多情劍客無情劍》？

果　《多情劍客無情劍》裡的小李飛刀比較傷感，《楚留香》就太快樂了一點。傷感比較符合古龍的調性，因為古龍是個傷心的人。我想，年輕時和老了之後再看古龍，感受應該會很不同，比較能讀出古龍書裡的滄桑與傷感。古龍將老男人的滄桑寫得很好，年老之後再來讀古龍，就會讀出他的味道。金庸的作品，不管年輕時或年長後讀，感覺應該都差不多。

慧　現在聽起來倒是很慶幸你大學時才讀武俠小說，若年輕時就開始讀，應該會更叛逆。聊完武俠小說之後，來聽聽小貓對於性別議題書籍的分享。

性別與同志議題

瞿　關於性別與同志書寫的書，我覺得應該要選邱妙津，特別是《蒙馬特遺書》，而不是《鱷魚手記》。因為我覺得邱將那個世代的同志情感的暴烈與絕望寫得很好，衝擊描寫得很強烈。在同志書寫這麼多的書裡，邱妙津絕對是占一席之地的。但是我的性格跟邱不一樣，也或者我已經跨過了年輕暴烈的歲月。而且現在性別和同志議題比較不是禁忌，如果邱能活到四十歲，或許也可以有比較平穩的人生。

不過換個角度說，同志在這個社會生存本來就不容易，所謂的「暴烈」，也是在反抗這個世界。有些人覺得沒什麼的言論或舉動，對同志卻可能是確定的歧視或者錯誤的對待方式。另外，同志的感情得來不易，所以會特別用力珍惜。也許我跟邱妙津的書寫外在形式不同，內在本質是一樣的。人不會生而暴烈，是社會讓人變得暴烈，如果要做同志議題，這一點是不容忽視的。

神奇書單

慧　小貓有本書應該算是神奇書單，是唐立淇的《年度星座書籍》。

瞿　我列傳奇書單時想到的一個特點是，這本書對於當代的影響。我之所以選唐立淇是因為她用比較溫暖而勵志的方式來談星象。影響所及讓我周遭很多朋友都密切關注唐立淇的星座運勢，可以說她支撐了我們的心靈生活，讓我們在很慘時覺得幸好先知道了，反正最壞也就是這樣。

慧　果子離有什麼想要對抗小貓這本命運運勢書的書單嗎？你相信運勢和命運嗎？

果　我不相信瑪法達的星座運勢，她有一年說我會大發，我等了又等始終等不到，最後證實那年是我最背的一年。唐立淇準不準，我就不知道了。

瞿　我借你唐立淇的書！

慧　這真是今天最理想的結局，小貓要借書給果子離，讓他好好參詳自己的命運。很開心我們今天聊了這麼多傳奇書單與神奇書單。希望透過今天兩位精彩的對談，能豐富讀者的閱讀生活，召喚出每個讀者的傳奇書單。

果子離 X 陳夏民 的傳奇書單對談

時間：二〇一六年五月四日
對談人：果子離、陳夏民
主持人：陳蕙慧

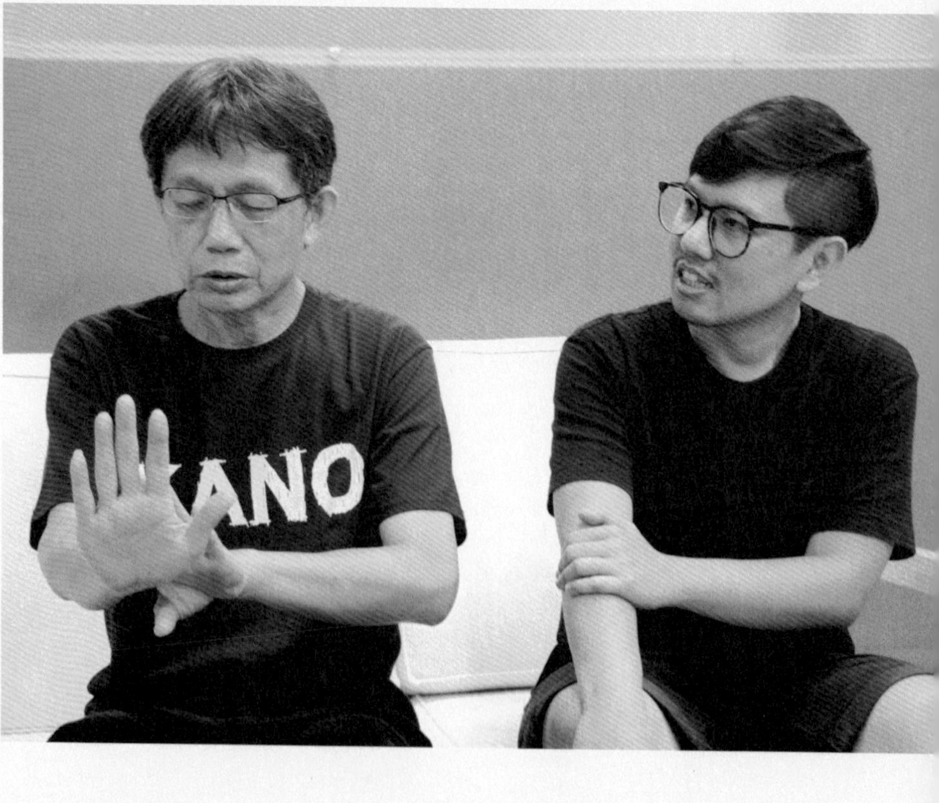

陳夏民的傳奇書單

李爾王／莎士比亞
編輯這種病／見城徹
聖鬥士星矢／車田正美
等待果陀／薩繆爾・貝克特
寵物墳場／史蒂芬・金
我愛羅／駱以軍
太陽依舊升起／海明威
黑暗之家／貴志祐介
占星術殺人魔法／島田莊司
夢的解析／佛洛伊德
柏拉圖式性愛／飯島愛
基督山恩仇記／大仲馬
玩具／倪匡
岸和田博士科學的愛情／湯尼岳崎
咆哮山莊／艾蜜莉・勃朗特

延伸閱讀

太陽依舊升起

小王子

想了解更多書籍資訊，請掃瞄 QRcode

果子離的傳奇書單

拒絕聯考的小子／吳祥輝
無敵金龍／中華日報編印
我夫李小龍／琳達
台灣新電影／焦雄屏編著
大大自然健康食譜／雷久南
帶子狼／小池一夫、小島剛夕
獨白下的傳統／李敖
2002／隱地
五年級同學會／mimiko、greg、turtle、果子離、達爾文、漂浪
趨勢索隱／詹宏志
白玉苦瓜／余光中
漂鳥的故鄉／劉克襄
鄭愁予詩選集
山河錄／溫瑞安
唐詩三百首
徐志摩全集
百年孤寂／馬奎斯
蛹之生／小野
溫一壺月光下酒／林清玄
山風海雨／楊牧
小王子／安東尼・聖修伯里
臺北人／白先勇
單車失竊記／吳明益
射鵰英雄傳／金庸
多情劍客無情劍／古龍
八百萬種死法／卜洛克
彩雲飛／瓊瑤
人生中不可不想的事／克里希那穆提
六祖壇經／惠能口說，法海集錄
三國演義／羅貫中
台灣總督府／黃昭堂
台灣人四百年史／史明

讓人怦然心跳的書

陳蕙慧（以下簡稱慧） 請夏民先談談對於傳奇書單的想法。

陳夏民（以下簡稱夏） 「傳奇」對我來說是對於我的生命或生活產生了當下的撞擊，讓我有怦然心跳感覺的書。

果子離（以下簡稱果） 傳奇書單跟經典書單不同的點除了私密，也比較真實，因為都是對我實際發生影響的書。

慧 果子離和小貓的對談非常打動我的是，果子離的主軸是對社會反對的態度，他的書單中充滿叛逆與反叛精神，這一點跟夏民的書單看起來比較不同。

夏 《岸和田博士科學的愛情》這本漫畫有它的叛逆，但是帶著某些詼諧或者包裝的轉化，是迂迴的，而不是高速衝撞的。像是書裡解構了植物的概念，說服讀者蕃茄其實是動物，有肌肉也有腸胃，每次切開翻開都在進行一場生體解剖。也太詭異了吧！透過這本書的畫面與敘述，讓我明確感受到內心有某種東西鬆動了。

慧　這種詼諧與迂迴是否也反映你的性格？

夏　是，我比較悲觀，所以我的書單基調是一種無力改變世界的哀傷感，透過創作，以一種詼諧或幽默的方式來表達。

果　夏民的書單都滿怪的，跟我重疊的應該只有飯島愛。即使我們都列出與編輯主題相關的書，但《編輯這種病》與隱地這本書不太一樣。我選隱地這本書是因為我因這本書曝光身分，在這之前，我始終以「果子離」之名在網路上發表文章，大部分的人都不知道我是誰，卻因為我寫了一篇文章介紹隱地這本書，在網路上被瘋狂轉載，從此無法大放厥詞，得規矩一點。

慧　夏民為什麼選《編輯這種病》，是因為讀了讓你痛徹心扉嗎？

夏　我讀了《編輯這種病》後才開始了解這個行業，覺得出版很有挑戰性，因為作者講述的故事讓人覺得好興奮。不過讀這本書時，我的鼻毛完全沒白，非常健康，體重也很好。所以都該怪這本書害我踏入出版圈。（笑）

類型小說

慧　若回到閱讀的口味來說，我注意到夏民列出很多推理小說，剛好對照到果子離的武俠小說，夏民是推理迷嗎？

夏　我不算死忠的推理迷，但我很喜歡解謎的過程。記得我看《占星術殺人魔法》時，手邊還準備了筆記本，一一筆記書中缺了的屍塊，解謎時發現它的答案原來真的合理。對我來說，閱讀推理小說是提供我邏輯的訓練與脈絡，以及官能上的刺激，但是在閱讀過程中，我知道自己是安全的，雖然真實的過程應該很可怕。

慧　這也是你選擇《黑暗之家》與《寵物墳場》這兩本書的原因嗎？

夏　《黑暗之家》已經進入了恐怖的範疇，看的時候一直覺得作者好變態。我們看到主角被捲入迷宮中，而閱讀中的自己也陷入愈來愈強烈的恐怖感裡。其實兇手只是很平凡的女人，卻能將主角蹂躪到極點，這讓我覺得每個人都有可能被逼到死角的。而在史蒂芬．金的《寵物墳場》中，夢境與現實的存在都是為了將你逼到最後的惡夢裡。這兩本書娛樂感很強，會讓人強烈感受到當中的恐怖。我們的書單有一點有趣的是，我的書單中類型領域是恐怖或推理，但果子離看的是武俠小說。

慧 你們覺得這是時代的關係嗎？

果 我當時就算想看推理小說，選擇也不多，而現在的年輕人想看武俠小說，可能也只買得到金庸。

夏 我的成長過程中，台灣已經解嚴了，歐美的一些恐怖娛樂片得以引介來台，所以我是看恐怖片長大的，平常也會找會租這類型的書來看。

慧 看什麼類型的書會不會也跟家庭教育與個人個性有關？

果 我想是跟每個人接觸的管道不同，我一直到中年才有機會看漫畫。以前因為受到家庭環境的限制，不被允許去租書店。再者是書單往往會參考別人的建議，若第一次接觸到的是純文學系統，往往之後循線閱讀的也多是純文學，可能會一直到很後來才發現原來很多人跟自己看的書不同。

傳奇的詩集

慧　果子離來聊聊你選的詩集吧。

果　我選溫瑞安的詩集是因為年輕時很喜歡他神州詩社時期明快的氣勢。這種偏好也顯現在古詩詞上，我喜歡蘇東坡、辛棄疾的氣勢與生命力，遠遠甚於周邦彥、姜夔溫婉氣質的詞。我選徐志摩是因為他描寫的「情」打動我，但他的詩風是明快而韻律奔騰的。余光中與溫瑞安都是氣勢廣大。鄭愁予則因為我高中情竇初開時特別喜歡，當時還抄下金句，因為寫情書時可以引用。劉克襄是我長大後開始讀他的政治詩，當時我正好進入衝撞的年紀。

慧　夏民的出版社「逗點」出了很多詩集，夏民本身也是詩人體質嗎？

夏　不是（笑）。詩是我進入三十歲後在出版社工作才接觸到的。詩有它最適合閱讀的年紀，過了就過了，而且我覺得偶然遇到最美，現在不會刻意去找之前沒讀過的東西。我看的詩都是最近出版的，而不是以前的詩。

果　我也看年輕詩人的作品，但以前的詩人與現在的詩人語法、結構與節奏都不同，楊澤前面幾本詩集的句子非常迷人，我特別喜歡。洛夫和楊牧我也很喜歡。楊牧的詩集反而是我後來回過頭去找來看的。

慧　《散步在傳奇裡》中有一章特別談歷史小說，可以請果子離聊一下這塊領域的書寫，與你自己本身的轉折嗎？

果　歷史是我後來因為工作關係才開始接觸，我喜歡歷史故事，不喜歡歷史哲學與枯燥的制度的演變，因為故事跟文學有相通之處，所以我接觸的多為通史這一塊。只是因為史書書寫的脈絡有一些問題，例如我們現在看到的歷史到底怎麼來的，是真的、假的，是否被官方扭曲？台灣史這個問題特別嚴重，因為政治的關係，很多認知我們到現在還沒有導正，台灣史依然是一片荒漠。所以我列出的這兩本台灣史的書單都是顛覆了我們對於台灣史的認知。

哀傷的傳奇之書

慧　對果子離來說，歷史對他來說還是屬於文學的脈絡，而非史料的爬梳。夏民也將《柏拉圖式性愛》當文學嗎（笑）？

夏　我選這本書是因為真的太好看了。飯島愛一直覺得自己有所選擇，但她所做的選擇全都將自己逼到死角，雖然她人生後半段看起來很風光，可是書的最後一句卻是以這樣的句子結尾：「爸爸，媽媽。抱歉讓你們有我這樣的女兒。」這句回馬槍實在太強悍了。儘管我當時看這本書是基於獵奇的心態，但後來發現我選的書其實都有類似的哀傷主題，說不定這是我看待世界的模式。

慧　這本書跟你選的《李爾王》反差很大，有什麼意義嗎？

夏　這兩本書可以併在一起討論。李爾王覺得自己做的是正確的決定，但他始終不曾看清楚，所以最後才會瞎眼，很多時候我們似乎被賦予很多做決定的權利，但這決定不見得真的是自己想要的，我們認為自己有所選擇，其實可能只是從小被灌輸的既定觀念，如果是這樣，那該怎麼辦？

慧 我愈聽愈同意你說你的人生基調是悲觀的。我們回頭來問果子離對於飯島愛這本書的看法。

果 像飯島愛這樣的人令人感傷，不僅因為早逝，而是傷感她條件這麼好，卻因為際遇與命運，無法拍攝一般的電影，沒有人一生下來便立志當AV女優，只是因為生活種種原因，變成了這樣的選擇。我將自己很多懷才不遇、命運不好的憤恨投射在飯島愛身上。

對抗長大的書

慧 所以這也是你選擇《拒絕聯考的小子》的原因嗎？

果　這本書我是在高中時看到，當時處在聯考壓力下，發現原來有人做了一件自己不敢做的事情。我大學聯考那一年作文題目剛好是「一本書的啟示」，我寫的就是這本書，在聯考考卷上寫拒絕聯考的事，因此分數不如預期的高。說不定我當時如果沒讀這本書，聯考分數會高一點，命運因此跟現在截然不同。如今想來這本書實在影響了我一生。

夏　我跟果子離類似主題的書是《聖鬥士星矢》。這本書的素材是希臘神話元素，但本質是絕望的。例如書裡說，對著天空吐口水，口水永遠會打到自己的臉上，還有一句耳熟能詳的名言「對聖鬥士使出同樣的招式是沒有用的」。但我們在真實生活可能反反覆覆永遠只有那幾招啊，那怎麼辦？這個故事吸引年輕人或小孩子並不只是熱血，而是作品的骨子中呼應了孩子對於世界的憤恨，本質上充滿了叛逆的精神。

傳奇書單中的經典之書

慧 兩位的傳奇書單中還是有些經典書籍，兩位分別聊一下吧。

夏 《等待果陀》讓你清楚意識到，一切都是徒然，認知到這一點後，反而可以思考自己在這樣的世界裡能做些什麼。海明威在《太陽依舊升起》裡展現了對這世界強烈的憐憫。這本書裡描寫很多人與人的悲哀始終在重複，所以只能求當下的溫暖。我從這本書裡感受到海明威的溫柔，是他的作品中最貼近當代人情感的長篇作品。《基督山恩仇記》和《李爾王》娛樂性之高可以跨越時空，讓我們閱讀這麼久以前的書還是有共鳴。《咆嘯山莊》本質上是言情小說，談的也就是人性的基本需求，但是感情很飽滿，所有人物的愛恨情仇都很強烈，很多經典作品沒有什麼大道理，但是可以持續跟當代溝通，也符合當代的需求。

果 我選《百年孤寂》和《山風海雨》的原因是一樣的，我出門旅行時很怕沒書可看，但又不想行李過重，保險起見便帶這兩本書，因為可以拿出來背。背完一頁，幾個小時車程就過去了，前面背的又忘了，因此反覆背誦第一頁的內容。《山風海雨》是我覺得台灣寫得最好的散文，結合鄉土與自然，將花蓮風景描寫得極美。

值得背與抄寫的經典

慧 蘇東坡的詞選也很適合隨身帶著背誦。夏民會背書嗎？

夏 我的書單中，我會抄《我愛羅》的序與背誦裡面的句子。心情不好時便開始抄，跟抄心經的效果一樣。我覺得這本書的序是我讀過最好的序文。

慧 果子離剛剛講到《百年孤寂》和《山風海雨》，要不要談談《小王子》？

果 《小王子》美到實在無法言述，這本書很特別，每個人都可以從自己的角度來看這本書，充滿療癒效果，是一本柔到有點傷心的書。剛開始沒放入，後來覺得應該要放入。

慧 是，有些書單是果子離為了今天的座談追加的，例如《臺北人》與《單車失竊記》都是後來放入的書單。

果 《臺北人》跟《蛹之生》都是我十七八歲時反覆閱讀到無法計算次數的小說，小野當時的地位就像青年導師。《臺北人》與後來歐陽子對此書的評論《王謝堂前的燕子》引我進入文學的殿堂。至於《單車失竊記》，我喜歡這書將知識化成小說的功力，讓人閱讀的同時也攝取某個類別的知識。

慧 關於知識，夏民提出的書是佛洛伊德《夢的解析》。你剛剛聊到傳奇書單，若用佛洛伊德的角度來看底層的想法會很有趣。

夏 我大學時當一位老師的助教，幫他翻譯心理學的文章或影片，後來也修了很多精神分析的課程。我覺得《夢的解析》很有趣，但並不執著於它的技法，是看完之後慢慢理解一些心靈運作的方式後，套用在自己的人生，覺得很有幫助。我以前會記錄夢境，一醒來就將夢境抄在小本子中，日子久了，回頭看筆記，真的解決了一些長期的困惑。

神奇書單：倪匡的《玩具》與《無敵金龍》

慧　上次果子離與小貓的座談中，在傳奇書單中出現了一兩本神奇書單，我覺得果子離的神奇書單是雷久南的《大大自然健康食譜》，因為沒想到果子離這麼養生。小貓的神奇書單則是唐立淇的《年度星座運勢》。至於夏民的則是飯島愛《柏拉圖式性愛》，你選的《玩具》也令人很好奇。

夏　《玩具》描述衛斯理在旅途中遇到一家人，被當成一組芭比娃娃在養。所以我就想我們會不會也是別人的芭比娃娃，就像飯島愛做很多決定時覺得自己有選擇，我很怕自己也是傀儡。

慧　果子離還有沒有什麼書是想談，還沒談到的神奇書單？

果　有，《無敵金龍》這本書介紹的是台灣第一次奪得世界少棒冠軍的金龍少棒隊，我跟棒球結緣那麼多年，就是從這本書開始的，我讀這本書時還沒真正看過棒球賽，看了書的想像，後來才從電視轉播一一應證。我的書單中影響我最大的一本是這本，另一本是《唐詩三百首》，開啟了我對於詩與文學的喜愛。很小的時候，我的阿姨帶我去小書店買了一本《唐詩三百首》，我當時又背又抄，所有文類中，我最喜歡詩。

十年前與十年後的書單

慧　最後問果子離一個問題，如果是十年前要你提傳奇書單的話，現在的書單雷同幾成，還是都差不多呢？

果　應該會有八成一致，十年前有些事情還沒發生，例如十年前的書單應該不會有武俠小說。

慧　也要問夏民兩個問題，在今天對談之後，你覺得是否漏掉了什麼書單？

第二個問題是，十年後的書單跟今天會有很大的不同嗎？

夏 十年後的書單應該不會有太大改變，但若十年前我沒看過《編輯這種病》，或許現在會有不一樣的人生。因為這本書對於我創業扮演很重要的角色，也許也會快樂一點。至於遺漏的書，今天談完之後覺得應該要再加入莎士比亞的書。不管什麼時候看莎士比亞，都能得到很多啟示，因為跟當下生活情境多所呼應。

慧 透過這兩場對談，我深刻感受到，時代與世代的不同，讓閱讀的內涵有很大的轉變，這對我來說也是很值得思考的一點。很期待透過兩位精彩的對談，吸引更多讀者也擬出他們的書單，同時關照自己與看到這個時代。

獨立書店私房傳奇書單

Appendix 2

近幾年來，台灣各地成立了一間又一間的獨立書店，有別於連鎖書店的制式規格，獨立書店多可看出每一家書店店長自己對書的詮釋、私心偏愛與專業。獨立書店大多結合講座、當地文化與產業，在台灣的文學地圖上，就像一盞又一盞獨一無二的燈，在看似出版黑暗期的夜裡，燈也一盞一盞亮了起來……我們特別邀請這五家獨立書店店長，說說他們對於傳奇書單的詮釋，以及心中有哪些傳奇書單。

bookstore

01

永樂座

店長　石芳瑜

對「傳奇書單」的詮釋

少女時很喜歡「傳奇」兩字，大概是因為最早喜歡的故事多數來自唐《傳奇》；二來總覺得這兩字好像意味著驚天動地又亙古恆常。對我而言，所謂「傳奇書單」大概是那些讓你的人生產生變化的書，不管是打開你的視野或是帶你走出低潮，還是讓你的人生因此轉彎……

我是開書店的人，但在此之前我是一個創作者，主要想寫小說，卻從散文寫起。不過童年時光，我卻熱愛星星和恐龍，這全然是因為對未知的世界好奇，想理解宇宙與自己，所以也喜歡上哲學。直到開始有了愛情，才發現文學是心頭好。

永樂座

不只是一家書店，也是人與書相遇的地方。以一個消失的戲院為名，意在喚起人們對土地與文化保存的重視。

地址：台北市羅斯福路 3 段 283 巷 21 弄 6 號
電話：（02）23686808
網址：https://www.facebook.com/eirakuza/

我的傳奇書單

臺北人／白先勇
伊豆的舞孃／川端康成
生命中不能承受之輕／米蘭．昆德拉
挪威的森林／村上春樹
低音大提琴／徐四金
行星絮語／戴瓦．梭貝爾
蘇菲的世界／喬斯坦．賈德
天橋上的魔術師／吳明益
我的名字叫紅／奧罕．帕慕克

《天橋上的魔術師》

想了解更多書籍資訊，請掃瞄 QRcode

bookstore

02

瓦當人文書屋

店長　陳晏華

對「傳奇書單」的詮釋

每一本書，都代表我的成長，代表每一個不同階段的自己。徬徨的我、失戀的我、無助的我、開心的我、平靜的我、追求成長的我……等，不同面向的我，深受著這些書的影響。其中，《大家的日本語》讓我實現了與日本人溝通的夢，也讓我在翻閱日本雜誌時，和日雜更靠近一點了。

瓦當人文書屋

竹東小鎮唯一文學主題獨立書店。
販賣文字，也餵養音樂與夢想。
不定期的講座、音樂與電影活動，是拉近與書迷距離的方式。
發散出文化亮光，溫暖每一顆孤獨的心。

地址：新竹縣竹東鎮大林路 104 號
電話：03-5952625
網址：https://www.facebook.com/wadambooks/

我的傳奇書單

明道文藝
BRUTUS 雜誌
煙花雨／琦君
MORE 日本時尚雜誌
夏日鋼琴／林宜澐
星圖／楊牧
誠品副作用／李欣頻
閣樓小壁虎／鄭麗娥
海水正藍／張曼娟
其後／賴香吟
當地球大人遇見小王子／丁稀在
異鄉人／卡繆
大家的日本語／大新書局

《其後》

想了解更多書籍資訊，請掃瞄 QRcode

bookstore

03

胡思二手書店

店長　蔡能寶

對「傳奇書單」的詮釋

只要是紙本書，對我就有一種無可抗拒的魔力。我會列入傳奇書單的，通常是成長過程中具有特殊意義的書，它們有的啟蒙了我，有的為我開啟新的旅程，有的雖然只是記憶中的片段，卻在關鍵時刻給我醍醐灌頂的喜悅。這是我的書單，也是生命中最重要的朋友。

胡思二手書店

胡思的理念是宣導「知識回收再利用」的觀念，提倡「有用的書籍不銷毀、不丟棄」的環保精神，我們希望讀友進入書店尋找的不只是書籍而已，更有經過時間篩選留存下來的智慧，以及一份愛書的心情；我們用質量皆佳的書籍和溫馨舒適的環境，讓讀友彷彿悠游於自家書房般自在，一步一步實踐我們經營書店的初衷：「人文、環保、知識再生」。

士林店：(02)8861-5828 ｜台北市士林區中正路 235 巷 44 號（士林捷運站 1 號出口）
公館店：(02)2363-2168 ｜台北市中正區羅斯福路三段 308-1 號 2 樓（公館捷運站 4 號出口）
（公館店出入口位於羅斯福路三段 308-1 號本棟正後方，請由兩側巷子繞進）
網　址：https://www.facebook.com/whosebook/

我的傳奇書單

過於喧囂的孤獨／赫拉巴爾
深河／遠藤周作
沙河悲歌／七等生
城南舊事／林海音
莎喲娜拉，再見／黃春明
小紅和小綠／王漢倬
白水湖春夢／蕭麗紅
秧歌／張愛玲
百年孤寂／馬奎斯
黃金時代／王小波
浮光／吳明益
因為風的緣故／洛夫
瘂弦詩集
散步的山巒／楚戈
敻虹詩集
中國當代十大詩人選集／紀弦、羊令野等
脂肪球、流浪者／莫泊桑
我是賣豆腐的，所以我只做豆腐／小津安二郎
複眼的映象：我與黑澤明／橋本忍
陳寅恪與傅斯年／岳南
回首我們的時代／尉天驄
莎士比亞書店／雪維兒・畢奇
明星咖啡館／白先勇
書店風景／鍾芳玲
金門民居建築／李乾朗

bookstore

04

荒野夢二

店長　銀色快手

對「傳奇書單」的詮釋

會收進書單裡的，都是開啟我心靈世界的書
它們像是一把鑰匙，帶領我進入異世界去探索去冒險
每一次，都感覺到這些書彷彿永遠讀不完
就像是宇宙持續在擴張一樣，我和它們的對話也永無止盡

荒野夢二

座落在桃園夜市和果菜批發市場之間，卻是現代詩集賣得最好的一間文青書店。從海外書店啟發的靈感，決定把書店打造成「私人書房」的簡約路線，以店主嚴選好書以及日式文具雜貨為特色，抓住文學閱讀的族群，也提供偏向生活風格的實用書來滿足在地讀者的需求。

地址：桃園市桃園區中正二街 28 號
電話：03-3379396
網址：https://www.facebook.com/praguebooks

我的傳奇書單

卡夫卡的寓言與格言／楓城出版
惶然錄／費爾南多．佩索亞
世界末日與冷酷異境／村上春樹
抱著貓，與大象一起游泳／小川洋子
顧城詩全集
沉默．暗啞．微小／黃碧雲
山河錄／溫瑞安
灰花／韓麗珠
白雪烏鴉／遲子建
太古和其他的時間／奧爾嘉．朵卡萩
踏蛇／川上弘美
腹語術／夏宇
石室之死亡／洛夫
孤獨及其所創造的／保羅．奧斯特

《白雪烏鴉》

想了解更多書籍資訊，請掃瞄 QRcode

bookstore

05

瑯嬛書屋

店長　張之維

對「傳奇書單」的詮釋

我的傳奇書單是會被書中的孤獨靈魂觸碰到心底深處的書。心底深處的恐懼、難堪、憤怒、汙穢、愛恨情仇、放眼八荒九垓的孑然感，不為人知的種種時刻，從書裡找到出口，在陌生的國度與虛構的時空裡，得以放肆、得以張狂，然後才能再重回到這被粉飾過的現實人間。

瑯嬛書屋

推廣閱讀，
提供社區一個文化資訊的流通處與心靈補給站；
打造性別友善空間，
促進社會歧視與偏見的消解。

地址：桃園市中壢區榮民路 165 巷 6 號
電話：03-4553623
網址：https://www.facebook.com/l.h.bookstore/

我的傳奇書單

鱷魚手記／邱妙津
蛻變／卡夫卡
遣悲懷／駱以軍
舞・舞・舞／村上春樹
過於喧囂的孤獨／赫拉巴爾
地下室手記／杜斯妥也夫斯基
異常／桐野夏生
腹語術／夏宇
巴黎的憂鬱／波特萊爾
午後曳航／三島由紀夫

《鱷魚手記》

想了解更多書籍資訊，請掃瞄 QRcode

散步在傳奇裡　GoodDay 016

作者——果子離
特約主編——林毓瑜
美術編輯——曾微雅
攝影—— 第四章＆附錄一章名頁照片攝影 YL
座談會照片攝影 YL、Yen
第一、二、三章章名頁照片攝影 Cl
文字排版——宸遠彩藝

發行人——龐文真
出版顧問——陳蕙慧
執行總監——李逸文
執行副總編輯——李清瑞
資深行銷業務經理——尹子麟
商品企畫專員——余韋達

出版——群星文化
台北市 106 大安區忠孝東路三段 247 號 4 樓
讀者服務專線——02-2752-8616
service@ohreading.com

總經銷——大和書報圖書股份有限公司　電話：02-8990-2588
法律顧問——益思科技法律事務所
印刷——通南彩色印刷有限公司
出版日期——2016 年 8 月
初版二刷——2016 年 10 月
定價——320 元
ISBN——978-986-93090-2-8（平裝）

國家圖書館出版品預行編目 (CIP) 資料

散步在傳奇裡 / 果子離著 . -- 臺北市：群星文化, 2016.08
面；公分 . -- (GoodDay ; 16)
ISBN 978-986-93090-2-8（平裝）
1. 文學　2. 文集

810.7　105013172